keep

clam

and

carry

on

一本

One
Book

tg_onebook@126.com

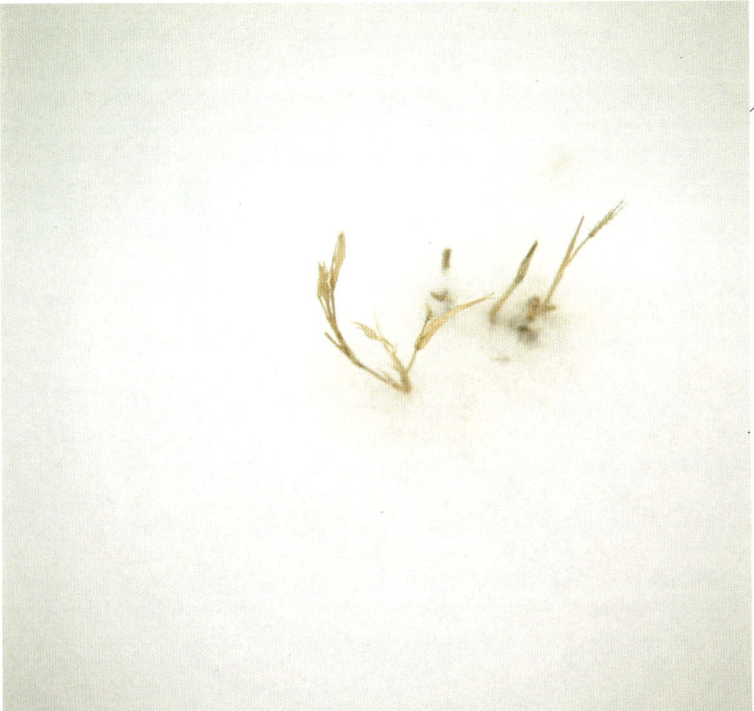

当美好遇见美好

生命从不因为孱弱而失去它所有的流淌

我们都在跌跌撞撞中前行

越过荆棘

期待丰满

于千万人的孤独里

静 候 属 于 自 己 的 时 刻

你和那些好时光，总有一天会相遇

keep
clam
and
carry
on

慕容素衣

作品

金城出版社
GOLD WALL PRESS

keep calm

and

carry on

keep calm

and

carry on

第二章 那个陪你一起吃苦的姑娘，怎么没能陪你到最后

第三章 我不想让你那么孤单

contents

第四章　和不完美的自己和解

第五章　那些书中人教我的事

书中人物都不完美
可他们如夏夜里小小萤火虫
静静发光
生命从不因为孱弱而失去它所有的流淌

这是他们和我的故事
也许也是你的故事
生活中总有苦涩
也有欢乐
我们都会在跌跌撞撞中前行

愿你过上最想要的生活，成为最想成为的自己
愿你和那些好时光，总有一天会相遇

序

收　集　萤　光

C o l l e c t　F i r e f l y

你冲破了黑暗的束缚，
你微小，
但你并不渺小，
因为宇宙间的一切光芒，
都是你的亲人。

——泰戈尔《萤火虫》

记忆中的夏天，总是和蛙鸣、萤火虫还有老祖母的故事紧紧联系在一起。

下过几场大雨后，稻田里的水涨了起来，青蛙们开始不知疲倦地鸣叫着，用响亮的歌声提醒我们：夏天来了！

夏天曾经是一个多么令人喜悦的季节啊。乡间夏天的夜晚，人们吃完晚饭，三三两两地聚集到门前的晒谷坪乘凉，坪上铺了几床凉席，大人们坐在席子上，有一搭没一搭地聊着今年的收成。

小孩子们的屁股是坐不住的，我们要做的事情实在太多啦——在人群中追逐啦，玩丢沙包的游戏啦，去田里抓青蛙啦。但我们最爱做的事，还是捉萤火虫。

那时的夏天没有电灯，那时的星星特别亮，那时的萤火虫也比现在多得多。夏天的夜晚，总是可以看到成片的萤火虫在草丛中穿梭、飞舞，身上的光一闪一闪的，明明灭灭，看起来就像无数颗流动的星星。

我们在深蓝的天幕下，听着蛙鸣，追逐着萤火。我们把捉到的萤火虫放进透明的玻璃瓶里，睡觉时放进蚊帐里，就在闪闪的萤光中慢慢睡着，连梦里都似乎有萤火虫在飞舞。

村里的老人摇着蒲扇，坐在凉席上，教我们唱古老的童谣：“夜火虫，夜夜来，来做么咯，来摘细茶。细茶摘给哪个呷，细茶摘给爹爹呷，爹爹呷了钩梨坯。”

比起念童谣来，小孩子更感兴趣的是听老人们讲故事。村里有个叫五太爷的，故事讲得特别好，把一本《三国演义》倒背如流，每个晚上只讲一回，人们听得正入神的时候，他那边已经发话说“且听下回分解”了。一本《三国》讲完后，夏天也差不多接近了尾声。

对于我来说，三国的时代太遥远了，我更爱听老奶奶讲故事。奶奶没念过书，认识的字仅限于自己的名字，可是好像装着一肚子的故事。她说的故事总是带着一层神秘的色彩，万物在她的口中都有了人性。村头的老槐树上住着一个槐树精，后山密林中不仅有野鸡、兔子，还有会对着月亮修行的狐狸，全村人喝水的深潭里有一条潜龙，所以我们那地方才叫龙塘。

百听不厌的是一个关于红毛嬷嬷的故事。说的是妈妈出门在外，红毛嬷嬷假扮外婆来敲门，一家三姐妹和妖怪斗智斗勇的故事。如同中国所有的民间故事一样，大姐和二姐往往十分愚蠢，一早就被吃掉了，三妹则机智地打败了妖怪。红毛嬷嬷在我们方言中指松树精。识字以后，我读到《小红帽》时才发现，原来红毛嬷嬷就是《狼外婆》的中国版本。

奶奶所说的这些故事给我留下了深刻的印象，通过她的讲述，我突然发觉，那些平常我见惯了的事物，背后有可能都隐藏着一个动人的传说。我还记得奶奶说过有关夜火虫（我们那里把萤火虫叫作夜火虫）的传说，她说，人死了之后，就会变成夜火虫，它们提着灯笼，来寻找还在尘世间的亲人。

听了这个传说后，我再也不捉萤火虫放进蚊帐了，因为我害怕第二天起床时，在蚊帐上看到它们的尸体。我很小的时候就发现，萤火虫的生命特别短暂，我不知道那么短的时间内，它们能够顺利找到自己的亲人吗？想到这一点，我赶紧拔开玻璃瓶的瓶盖，把萤火虫放了出去。

这个传说和其他老祖母讲的故事一起滋养了我，多年以后，我成为了一个喜欢写故事的人，如果要推溯的话，也许这就是最初的源头。

和那些在写作上具有雄心壮志的人不同，我从来都无意书写鸿篇巨制。有人问我，你写的都是一些最普通的人和事，这有什么好写的呢？

也许这些故事的确太平常，故事的主角的确太普通。可是我没有能力也没有兴趣去写传奇人物和伟大史诗，我只对身边的人和事感兴趣。我坚持认为，每种生命状态都值得被书写，只要你笔下的人物对于你来说是一个有温度的、活生生的人，曾经给予过你真实的触动和感悟。

在这本书中，你会看到形形色色的人物，他们大多身份卑微，不值一提，可是他们的故事会让你感觉到，生命中总有微光在闪烁。如同那些逐渐在消失的萤火虫，在暗夜里迸发出光芒来，照亮了无数孩子的童年。

如今城市的夏夜已经没有蛙鸣，没有萤火虫，更没有老祖母的故事陪伴。在远离故事的年代里，我只想做一个朴素的、讲故事的人，就像收集萤光一样收集这些普通人的平凡故事。我总是忘不了，童年时我虔诚地合拢双手，轻轻捧住一只萤火虫，它在我手心忽明忽灭的美好画面。但愿你在读这本书时，偶尔也能感受到这美好。

keep calm

and

carry on

來去集

To：

From:

封面图片来自独立设计师孔孔惟。
我们在封面图片的设计中认识了她，
进而了解到她和她的作品，以及她经历的那些美好时光。

热情认真地推荐她的设计品牌 ———— 《来去集》

这是一个从设计、布料选择、打样、加工、包装、拍摄、上架编辑到售后都由设计师亲力亲为、每一个细节都真实而美好的手作设计品牌。
在她们家的每一件饰品、衣服和鞋子上，
我们都能看见并触碰到手作者的温度。

当美好遇见美好　明信片　非卖品

第一章

勇敢去活

1 鬼迷心窍

住处附近新开了一间比萨店，推出了开业大酬宾的活动，中午和几个朋友相约一起去尝鲜。

这家比萨店号称所有食材全部是从意大利空运过来的，吃起来味道确实不错，尤其是一款海鲜比萨，面饼又薄又脆，海鲜用料也很足，不像其他店的，面饼总是太厚，像在吃意大利版的山东大饼。

难能可贵的是，这里的厨师也是意大利“原装进口”的。店里的厨房是开放式的，厨师就站在离我们不到两米的地方，配料、擀饼、涂酱，然后把一个个圆形的薄饼放入烤箱。厨师是个意大利老头儿，长得胖大，系着白色的围裙，原本金色的头发已经有点银白，脸上的皮肤依然红润光滑，蓝眼睛里闪烁着单纯的喜悦，看上去很快活的样子。

“喏，这就是我们副总的意大利老公。”一位朋友压低了声音说。

“啊！”大家在心里暗暗地叫了一声。

那位副总大家都是见过的，人长得性感漂亮，穿着打扮也很有味道，在公司里是很多小年轻仰慕不已的女神级人物，对她的爱情故事大家都很感兴趣。

我们一边等待比萨上桌，一边偷偷打量那个厨师。他看上去和普通的中国厨子也没有什么不同嘛，不过是皮肤白了一点儿，人高了一点儿，神情也快活了一点儿。

有人失望地嘀咕："呀，她怎么就嫁了个厨子啊？"

"什么厨子啊，人家可是做比萨的，在餐厅里也占了股份。"

"那也是厨子啊。"一个朋友尖刻地评论说，"嫁他的人可是个堂堂的老总哎，做比萨的怎么了？意大利的又怎么了？这月亮啊，总是外国的圆，连厨子都是外国的听起来高端大气上档次。你可以想象她嫁一个川菜馆或者湘菜馆的厨子吗？"

说到川菜馆，想必大家都立即脑补出了一幅这样的画面：油烟滚滚的逼仄厨房里，满面油光的厨师正在满头大汗地做着一道水煮鱼。这样的画面和穿着普拉达出入写字楼的女金领形象要多不搭就有多不搭。顿时所有人都沉默了。

餐厅里人手很少，老头儿厨师亲自为我们端上比萨，朋友手脚并用地比画着告诉他，她是阿琳的同事。

"You know 阿琳？"老头儿蓝色的眼睛迸出兴奋的光芒，和朋友热烈地攀谈了一阵。他只会说几个中文词语，朋友的英语又不好，所以基本上都是鸡同鸭讲。尽管如此，攀谈还是起到了良好的作用。老头儿转身返回厨房鼓捣了一阵，亲自送上了五份冰淇淋，"free"这个单词我们还是都听懂了。

吃着老头儿免费送的冰淇淋，应一伙人的强烈要求，朋友为我们讲起了阿琳的意大利艳遇故事。餐厅里就我们这一桌人，朋友还是自然而然地降低了音量。老头儿仍然快活地忙碌着，只是时不时好奇地向我们看上一眼，似乎想知道我们在说什么。

阿琳的故事其实我早有耳闻，只是第一次听到这么详细的版本。

如果人生有分水岭的话，那么阿琳的人生是从去意大利旅行之后发生了根本的转折。

在此之前，她的生活简直就是“靠谱人生”的范本。读书的时候，她念的是上海最好的名牌大学。毕业之后，她进的是工作稳定待遇优厚的事业单位，凭着过人的天资和情商在单位里扶摇直上，年纪轻轻就坐到了公司高层的位置。

阿琳的婚姻家庭也特别平顺，老公在炙手可热的政府部门工作，也是那种非常求上进的，职位上升得很快。

两人是朋友介绍相亲认识的，称得上门当户对，学历、工作各个方面都很匹配，相亲后没多久就结了婚，然后很快又有了孩子。

她不到三十岁，房子、车子、票子、孩子还有位子都有了，同事和下属戏称这就是新时代的“五子登科”。

在外人看来，这样的生活堪称完美。谁都想不到，在一次旅行之后，她居然一手打破了维系多年的完美生活。

那年她三十多岁，单位组织高层管理人员去意大利旅游。

也许是那不勒斯的风情太迷人，也许是托斯卡纳的艳阳太灿烂，同行的人们突然发现，这个以严肃正派闻名的女高层突然变得有那么一点点的不一样了。起初人们觉得这个变化还挺令人惊喜的，起码她言行不那么拘谨，打扮也不那么保守了。

同行人中她的学历最高，英语最好，于是充当了半个翻译的角色。一来二去的，人们发现她和开旅游大巴的司机聊得挺热乎，司机是个意大利人。在本地，所有外国人都被称为鬼佬。慢慢地，她和这个鬼佬待在一起的时间越来越多，就算是在人们面前，他们看着彼此的眉眼之间也有了情意。有一天，甚至被人撞见她和鬼佬两个人手拉着手在海滩上散步。

同事们为之哗然，特别是男同事，没想到这个一贯保守的女同事居然有如此 open 的一面。女同事呢，表面上调侃她有艳福，为广大已婚育女同胞争了口气，背地里难免会议论几句。

谁都以为这只不过是一场艳遇而已，必将随着旅行的结束无疾而终。

十几天后，旅行结束了。阿琳依依不舍地和鬼佬告别，临行前两人明目张胆地在机场拥别，惹得无数人注目。

令所有人大跌眼镜的是，回来之后，她果断地向老公提出了离婚。老公想不通，好端端的一个家，就因为她出去旅了个游就要拆散了？她说她要过想要的生活，难道这么多年来，她过得一直还不够好吗?

亲朋好友都劝她见好就收，可是她执意要离婚。都是文明人，没有经过太大的波折，婚总算离了，房子车子存款孩子都给了老公，她拎了只箱子净身出户。

鬼佬司机这时也来到了我们这座小城，不是旅行，而是来定居的。小城并没有太多适合外籍人士的工作机会，很长一段时间里，这个意大利老头儿都没什么正经工作，于是化身为阿琳的专职司机、私人厨师以及外语教师，每天接送她上下班，给她做意面、烤比萨，周末两个人背着包带个相机到周边城市走走看看，年休假就去国外游荡。这间餐厅是在他无所事事了好久之后才开的，听说他入股的资金还是阿琳筹集的。

阿琳一下子成了“不靠谱人生”的标本，小城人给她贴上的标签是“那个嫁了鬼佬的女人”，其实嫁鬼佬并不是件什么坏事，关键是这个鬼佬一穷二白，和她的前夫相比，除了是个外国人外没有任何看得到的优势，人们都说，阿琳这是被鬼迷了心窍。

小城人（尤其是女人们）说这话的时候，一半是轻蔑，一半是羡慕。阿琳自从嫁了这个意大利老头儿后，整个人都变得舒展了起来。女同事们眼睁睁地看着她穿得一天比一天时尚，人也一天比一天性感，甚至连工作也越来越得心应手，很快做到了副总这个级别。

男人们很不平：“凭什么外国的loser就可以娶中国的女神？”

女人们也有点惋惜：“好好的一朵鲜花插在了牛粪上。”

意大利老头儿是不是牛粪不好说，只是阿琳的的确确受到了滋养。她以前生活得很拘谨，我曾经在朋友家见过她很久前的一张和公司同事的合影，那时她穿着一丝不苟的套装，打扮得像个典型的女政工干部，离后来的女神范儿还很遥远。

直到后来和这个老公在一起后，阿琳才慢慢绽放出她独有的美来。四十来岁的女人，结过婚，生过孩子，但保养得宜，爱穿露背装，皮肤晒成小麦色，配上南方人深秀的眉眼，有种热带女郎的风情。我关注过她的微博，和同龄人不同的是，她很少转发一些养生啊美容啊之类的帖子，而是会发一些日常的生活状态。我很喜欢她旅行期间发的微博，看着她晒美食晒美景，就会感叹，原来女人到了四十岁，也可以生活得这样惬意自在。

阿琳的故事听完了，比萨也吃完了，我们起身准备结账走人。恰在这个时候，阿琳推门而入，穿着她经典的吊带露背裙，见到我们后，非要打个八折。

还在忙活的意大利老头儿放下了手中的活计，迎了上去，两人当着我们的面，落落大方地问好拥吻。阿琳偎在老头儿的臂弯里，笑得很甜。老头儿看向她的蓝眼睛里，满满的都是爱意。

我们都被这一幕震动了，即使是刚刚说老头儿是牛粪的人，也不得不承认，他们两个互相亲吻对方的画面真的很动人。

在没有见到这一幕之前，其实我也怀疑过，阿琳和这个意大利人之间很难有深层次的交流，毕竟，两个人的文化背景和生活经历相差太远。现在我终于明白了，她选择嫁给他，也许并不是因为他有多么好，而是因为和他在一起她会成为更好的自己。碰到他时，她已经三十多岁，大多数人都会觉得这个时候已经太晚了，可是阿琳选择了重新启程，我不知道她经历过怎样的挣扎和彷徨，还好，她最终成为了她想成为的那个人。

阿琳前半生的生活看似风平浪静，可那只是人们眼中的完美生活，她心里始终埋藏着一座活火山，一直有滚烫的岩浆在燃烧。其实，每个对生活现状不满的人心里都藏着一座活火山，但只有真正的勇者才敢于让内心的岩浆喷涌而出。火山爆发后，会将固有的生活焚烧成一片灰烬，普通人为此恐惧，勇者却在灰烬中浴火重生。

阿琳，就是这样的勇者。

2 女人过了三十就完了吗？还早着呢！

前不久，我刚过了三十一岁生日。最近几年，形成了每次过生日就来回顾一下当年经历的习惯，所以照例胡乱写几句。

在过去的两个月里，我无意中到豆瓣来写日记，没想到居然还有人看。欣喜之余，忍不住多写了几篇，俗话说言多必失，有人看得很不爽，表示我写的文字污了他的眼目。前几天，甚至有人给我留言说：“你一个中年大妈学小年轻一样整天在豆瓣上面发日记，就不感到害臊吗？”

我向来是个没涵养的人，看到这样的留言真是有点怒从胆边生。照这位姑娘的意思，中年大妈就该待在家里哪儿都别去，否则就有丢人现眼的可能。可能她还小，自以为能够芳龄永继，对于她来说，女人活到三十岁就已经是人生极限了，还要出门嚷嚷的话最好拉去人道毁灭。

社会上对三十多岁的女人抱有同类观点的还真不少。

曾经有个好友约我一起去逛内衣店，正好我身边带了个实习生小姑娘，她见我们在讨论哪种内衣更有诱惑力时，突然眨巴着大眼睛问：“过了三十岁，老公还会碰你们吗？”望着小姑娘懵懂的大眼睛，我和好友哭笑不得。可能在很多人的眼中，女人过了三十岁干巴得连性生活也没了，反正生儿育女的任务已经完成了。

我以为社会风气经过这么多年的变革，早就日新月异了，没想到还是有那么多人抱着“男人三十一枝花，女人三十豆腐渣”的陈腐观念，其中不乏年轻小姑娘，自恃青春美貌，认为自己与三十岁以后的女人根本不是同一种生物，提起对方来一律贬称为“大妈”或者“欧巴桑”。

我真不知道她们的优越感从何而来。姑娘啊，如果这种思想是某个自称婚姻不幸的大叔告诉你的，你让他离婚了再来找你试试看，保证他已溜之大吉了；如果你说这就是社会的主流价值观，我只能说，姑娘你 out 了，你以为你还生活在古老的宋朝吗？就算是在宋朝，李瓶儿、孟玉楼这些性感多金的寡妇们在婚恋市场上可比小姑娘们抢手得多。再往前追溯一点儿，杨玉环死的时候已经三十六七了，唐明皇爱她的心一点儿都没有疲倦。

现代人的青春期比以前长得多，很多女人到了三十岁才开始真正的人生。小野洋子三十岁才碰到约翰•列侬；罗琳三十岁才开始动手写《哈利•波特》；《欲望都市》里的四个女主角个个都是 30+ 的大龄女子，她们不仅拥有丰富多彩的精神生活和物质生活，而且拥有波澜壮阔的性生活；电视剧《咱们结婚吧》，高圆圆饰演的杨桃也已经年过三十，照旧水灵饱满得人见人爱。

我知道人们肯定不会把上述的这些女人称为“欧巴桑”，因为她们有名气有钱，而且大多长得好。大多数年过三十的平凡女人籍籍无名，钱也不多，相貌平平，那么她们的人生是否就灰暗无聊就不值一过呢？

我以我有限的人生经验担保，绝对不是这样的。就我个人而言，对已经过去的青春岁月并没有太多留恋，我属于那种开窍晚的人，当很多人一早就确立了人生目标的时候，我却在懵懵懂懂地随波逐流，青春对于我来说，就是一段肉体上流光溢彩但是精神上苍白空虚的岁月。相信很多人都和我有过类似的感受，当我们回顾自己的青春岁月时，都不禁为那时的矫情、浮躁和虚度光阴而羞愧。

有一次，我和我的朋友们曾做过这样一个心理测试，如果让你选择最想停留在人生的哪个阶段，你会如何选择？可能是人以类聚，我们都不约而同地选择了留在目前的阶段，没有人表示愿意回到十几二十岁的青春年华里。一个朋友说："回到二十几岁？别傻了，那时候除了年轻点儿还有什么？我可不想再要那种一穷二白的青春。"

是的，对于绝大多数没有背景也没有好爹的人来说，青春基本上就是一穷二白的。那时候的我们可能刚刚毕业，住在和人合租的小房子里，在单位里连口大气都不敢出，见人就喊"大哥大姐"，想起未来时满心都是惶恐，偶尔有个大叔示示好，差点儿就成了人家的"小三"。

最关键的是，我们那时候对于想要成为什么样的人并没有确定的想法，或者说即使有那个想法，也没有相匹配的能力。对于白手起家的年轻人来说，首要问题是先生存下去，不管有多难都挣扎着活下去，然后才有资格考虑活得怎么样的问题。也许人在青春时注定受煎熬，可我们已经熬过来了，就再也不想回到那段难熬的岁月里去。

我和我的朋友们大多已年过三十，走在奔四的路上，对于我们来说，现在就是我们的黄金时代。我们中有的好不容易离了婚，有的终于结了婚，有的已经决定终身不婚，更多的是早已结婚生子。相同的是，我们对已有的生活状态都还算满意，对未来也不再有那么多不切实际的期待。

古人说三十而立，并不仅仅指的是男人，一个女人往往也要等到过了三十后，才会真正地“立”起来。物质上，三十多岁可能已经有了自己的房子车子，在工作上也基本站稳了脚跟，事业蒸蒸日上，不用再为生存而焦虑；精神上，人过三十之后，会越来越清楚自己想要的是什么，不想要的是什么。我的一个姐姐说，三十岁之前人在不停地做加法，追求这个追求那个，过了三十之后则开始学着做减法，专注于做自己真正擅长和喜欢的事。

三十岁的女人，已经不算很年轻了，但还没有老，更加没有死。你们以为女人过了三十就完了？还早着呢！

当然也有遗憾，那就是随着胶原蛋白的流失，我们一天天在变老。这是没有法子的事。所以当单位来了实习生时，姐姐们都会赞美说：“年轻真好！青春真好！脸上抹点大宝就油光水滑了。”可是你要姐姐们真的和小姑娘互换，打死她们都不会干的，至少，她们再也不愿意回到二十来岁时的惶然时光中去了。

青春确实很好，那时候我们即使什么都没有，至少还有满腔热血和满怀梦想。可是姑娘们，真的不用那么畏惧变老，每个年龄段都有它独特的美好之处，随着年龄日长，你没那么年轻没那么漂亮了，可是你会发现，自己没那么焦躁了，没那么惶恐了，当年在乎过的、焦虑过的，后来逐渐变得不值一提。

我现在还常常会为一些小事而焦虑，一位姓张的大姐对我说：“不用急，等你过了四十岁就好了。”张姐刚满四十岁，她说自己年少时比较晚熟，大学毕业后一直待在某个小镇上混，直到年近三十的某天，忽然萌发了出去闯闯的勇气，于是毅然放弃体制内的工作，开始出来创业。和体制内的清闲生活相比，她过得很辛苦，但是也乐在其中，而且重拾起抛下多年的笔，开始写写东西。前几年刚出了本散文集。显然，她很适应体制外的生活，回顾自己的前半生，她说："感觉以前都像白活了。还好，我现在终于知道自己最想要的生活状态是什么，那就是自由，无拘无束的感觉真好。"听她这样一说，我对自己即将到来的四十岁不禁多了几分期待。

张姐说，她特别喜欢李玟原唱的一首歌，叫作《自己》：

每一天
都相信
活得越来越像我爱的自己
我心中的自己
每一秒
都愿意
为爱放手去追寻
……

姑娘们，既然变老难以避免，但是如果能够活得越来越像我爱的自己，那又有什么关系呢？我从来不讳言自己有多大了，我已经三十一岁了，那又怎么样，我只怕我配不上自己的年龄。

3 唱古诗的女子

在优酷上看到一个视频，以演唱《忐忑》风靡了网络的龚琳娜站在舞台上，静静地唱着一首歌，为她抚琴伴奏的是一个老外。她一开口，我就惊呆了，唱的居然是李白的《静夜思》，这流传了千年的诗篇，在这位现代女子的歌声中，仍是古意盎然。

诗不仅可以兴观群怨，而且是可以用来吟唱的。

头一次让我知道古诗原本可以唱的人，是胡老师。那时候我还在岳麓山下求学，某次上唐诗选读时，胡老师谈到了李白的《三五七言》，说这首诗原是古琴曲，可以配乐唱的。学生们撺掇着求她一唱，胡老师放下手中的书，慢慢站起来，清清嗓子唱道："秋风清，秋月明，落叶聚还散，寒鸦栖复惊……"我一惊，这不是《神雕侠侣》结尾处的那首诗吗？初次听胡老师唱诗，只觉得和平时所听的流行歌曲大不一样，歌声低回，清越持重，迥别于当下流行的靡靡之音。

胡老师渐渐唱得动情："入我相思门，知我相思苦，长相思兮长相忆，短相思兮无穷极……"她的眼睛微微眯起，望向一个不知名的去处。虽然身处于斗室之中，不知为何，这歌声却把我带到了小郭襄所在的华山之巅，恍见明月在天，清风吹叶。

后来，师姐妹们曾经帮胡老师录过一个光盘，是她唱的各种古诗词。除了这首《三五七言》外，还有《蒹葭》《水调歌头》《菩萨蛮》《雨霖铃》等。她的普通话有很重的长沙口音，吐词并不十分清晰，可是别有一番深情，像能把人引进古诗词的意境中去。

胡老师是个大而化之的人，很少指导我们做学问的细节流程。现在回忆起来，对于我来说，她充当的是一个精神导师的角色。我这个乡下来的野孩子，在她的引领下，跌跌撞撞地进入了一个新的领域，那里繁花似锦满园春色，即使只逗留了片刻，也足以受用终生。

也许反差越大吸引越大，我对胡老师的仰慕在很大程度上是基于一个乡里妹子对名门闺秀的艳羡之情。胡老师出身名门，曾祖是胡林翼，当年和曾国藩左宗棠齐名，可以说是不折不扣的名门。她常常跟我们说，小时候父亲把她抱在膝头，指导她读《聊斋志异》，打下了深厚的古文基础。文化需要靠诗书传家才能得以更好地延续，这里传承的不仅仅是知识，更是一种优雅、精致的生活态度。

多年以后，我看胡老师的博客里说，儿时不管如何困苦，父亲都会带着家人一道去河西，春来观桃，三秋赏桂，心中顿时神往无比。天底下的父亲都是爱孩子的，可每个父亲表达爱的方式不同，比如说我爸，他会摘桃子回来给我吃，却无论如何想不起要带我去看看桃花。

在春花秋月唐诗宋词的滋养下，胡老师出落得颇有名士之风。我记得有次她给女生做讲座，主题就是“如何做一个大气的女人”，这也是她一直追求的人生境界。回想起来，胡老师确实有不拘小节、脱略豪爽的一面，比方说不刻意打扮、不经营家业等。胡老师的普通话湘音很重，偏偏嗓门又大，一群人围在一起谈天说地，隔得老远就能听见她朗朗的笑声。

天气好的时候，她喜欢把岳麓山当作课堂，带着我们一同去登山，边走边聊，洒下一路欢笑。有一次，她站在岳麓山顶，迎风脱口吟道：“清风吹我衣！”顾盼间颇为得意，自诩为佳句天成。我天性愚钝，难以领会此句妙在何处，只是抬头望见胡老师一脸悠然，山风吹得她衣袂飘飘，的确大有出尘之感。师姐小邬回忆说，考研面试时，胡老师曾问她：“诗云悠然见南山，你的南山在哪里？”小邬回答说是岳麓山。胡老师深深引之为同道，原来她一直也视岳麓山为精神家园，曾自号“麓山老农”。

和很多五十多岁的同龄人一样，胡老师也属于被耽误的一代，经历过辍学、下乡等诸多风波。她在四十五岁那年终于拿到了梦寐以求的博士文凭，事实上在此之前，她早已是学校破格评定的教授，带了多年的研究生。她不看电视，不打麻将，唯一的爱好是看书和写论文，书房里整整四壁的书，后来为了方便查询资料，总算与时俱进地学会了上网。她曾戏说自己是典型的“无知少女”：无党派人士、知识分子、少数民族、女性。

她看书的时候，喜欢在空白处随意批注，前面写着两个字“胡说”，后面则是点睛式的评语。我们都爱去她的书房借书看，不是因为那些版本有多么珍贵稀少，而是因为时不时可以看见这些精彩眉批。有次借到一本有关佛学的书，里面长长短短足足有上百条“胡说”，读起来像是亲耳听见胡老师的教诲，妙的是更加随意。

胡老师形容那些热心功名的人时，常常用蒲松龄的一句话说此人“从头至踵皆俗骨”。她这个人，全心全意都用在学术上，对俗事倒是半点不经心，所以她的家里总是有点零乱的，衣服和书扔得到处都是。她对饮食也不讲究，饭桌上常年都是豆腐青菜，有时她留我们吃饭，打开冰箱一看，里面空空如也，只得作罢。

私心里我是希望胡老师能够吃丰富点，多吃点肉，不仅仅是因为多吃肉可以增加营养，更因为作为一个食肉动物，我难以免俗地认为，爱吃肉的人会活得比较快乐一点儿。

不敢相信我们已经分别了这么多年，这些应该仅仅是几年前的事情吧，现在说来却如同隔了一个世纪。这几年里，我南下工作，为稻粱谋，渐渐面目可憎言语无味，但那一幕从未在我心中淡去，反而越来越清晰。

仿佛还是昨天，我在课室里听胡老师唱着《三五七言》，她是如此优雅深情。每当被逼仄的生活压得喘不过气时，我就会想起，我曾是那样一个心地柔软的女子，有过那样一段与美好为邻的求学生涯。胡老师，谢谢你，让我懂得了什么是诗意地栖居。

4 世界并不一定掌握在大胸女手中

一个女人最惨的不是胸部小得像煮鸡蛋，而是偏偏找了个 36C 的闺密。

这不是我说的，是我的发小晓红常常挂在嘴边的名言。晓红长得还行，笑起来还有个小酒窝，托老爸的福在家乡某个混吃等死的事业单位高就，她认为自己怎么也不该沦落成大龄剩女，可偏偏就剩下来了。她把一切都归咎于自己是个 A CUP 的女人，并且因此对她形影不离的某位大胸闺密暗暗嫉妒不已。

用晓红的话来说，自从有了这个 36C 闺密后，此人无形中成了她每段恋情的试金石。说恋情并不准确，因为该闺密的媚眼酥胸常常将某男对她还处于萌芽状态的好感无情扼杀。最令晓红切齿的是，某次有人为她介绍了一个相亲对象，对方要钱有钱要貌有貌，两个人相处了一段时间后，却被 36C 撬了墙脚。

“除了胸大点儿，真看不出她比起我来有什么优势。”最后，晓红咬牙切齿地宣布，“我要去隆胸！”

这个故事很像微博上那个被传滥了的段子，具体我记不清了，大致是说某个老总招聘女秘书，三个人去应聘，有高学历的高情商的，最后被通知留下来上班的，却是胸最大的那个。

听起来，似乎谁拥有了36C谁就拥有了整个世界，在职场和情场所向披靡。所以丰胸广告才肆无忌惮地宣扬说“做女人挺好”。事实上，世界真的掌握在大胸女手中吗？我怀疑这只是商家的营销手段和大胸女的一厢情愿。

在江湖传说中，大胸女似乎要风得风要雨得雨，职场上自然有男上司另眼相看，情场上则不乏各路土豪文青为之神魂颠倒。事实上，并不是每个拥有 36C 的女人都能成为梦露，男人们也并不是像我们想象中那样 care 女人胸部的尺寸。对于男人来说，一个女人光有胸是万万不行的，你还得有脸蛋，还得有腰，还得有脑子，还得有发嗲服软的高情商，现在总是说整体实力，一句话，整体好了什么都好，不能光靠一个强项拉分啊。

话说回来，胸大到底算不算强项呢？至少在中国传统审美中，欣赏的是平胸美女，尤其是明清时期。那时候流行的美女都是酥胸一抹、杨柳腰加上三寸金莲，袅娜的身姿藏在宽大的古代服装下，飘逸得像一缕诗魂。从古人的诗文来看，男人们对作为第二性征的乳房并不那么在意，他们反复为之吟咏的反而是小脚、纤腰之类。李渔这个才子就曾经写过一本《香莲品藻》，介绍了把玩小脚的二十四种方式，没见他专门提过女人的胸部。

明清文人不以大胸为美是可以肯定的，提到女性乳房一般会称之为“丁香乳”“椒乳”等，取其小巧玲珑之意。清代文人朱彝尊在一首词中这样写：“隐约兰胸，菽发初匀，脂凝暗香。似罗罗翠叶，新垂桐子，盈盈紫药，乍擘莲房。窦小含泉，花翻露蒂，两两巫峰最短肠……”菽是豆类的总称，形容乳房像初生的豆苗一样娇嫩，大致是小巧可爱的。想想看，明清人偏爱的都是纤瘦型的美女，如果再搭配上异峰突起的大胸，怎么也不太谐调吧。

正因如此，那时候流行的不是隆胸，而是束胸。用一根长长的白带子把胸部绑起来，防止过分突出，可能礼教之士认为大胸能够勾引人内心深处的欲望，非束缚起来不可。这种流风到了张爱玲的小说里还可以看到，我现在还记得，她笔下的白流苏是“孩子似的萌芽的乳”，孟烟鹂则是“不发达的乳，握在手里像睡熟的鸟”。

直到上世纪 20 年代末，上海才发起了“天乳运动”，意思是要把女人束了几百年的胸解放出来。天下的大胸女，从此扬眉吐气，再也不必含着胸走路。从那以后，可以说大胸女迎来了一个最好的时代，她们再也不用拼了命去束胸，也不用担心随便被贴上荡妇的标签，胸部大不再是件坏事，但其实也不是件多么好的事。我要是说大胸有大胸的苦恼，会不会被平胸的姑娘们打死？但事实真是这样的。

首先，大胸必须得瘦，肥胖和大胸真的不共戴天啊。瘦人自然穿什么都好看，但如果不幸是胖子，平胸的胖子也要比胸大的胖子看起来顺眼得多啊。历史上著名的胖姑娘杨玉环是个美人儿，据说就是个平胸的胖美人。在野史中，有一次唐明皇曾经赞美她的胸部说“软温新剥鸡头肉”。这个鸡头肉不是指鸡的头，而是一种外形像鸡头的芡实，外形盈盈一握，听起来可爱又可怜，可见杨玉环并不像人们想象的是枚肉弹，拥有的反而是一对玲珑乳，照样三千宠爱在一身。

其次，大胸必须得穿 BRA，我真的是很讨厌穿这个劳什子啊。平胸女子偶尔不穿 BRA 还可以视为脱俗，比如亦舒形容施南生就说“南生是我见过不穿 BRA 最有格调的女人”，哎，换个 36C 的姑娘不穿 BRA 试试看，别提什么格调了，胸前的波涛汹涌看起来简直是一场灾难。

再次，大胸女永远走不了什么小清新啊、知性女啊之类的路线，残忍点儿说，这意味着大胸女在外形上永远和文艺绝缘。你可以想象一个女作家同时是个波霸吗？《格调》里面说，上流社会普遍比底层的人要瘦，我在想，是不是漏掉了一点，上流社会的女人普遍要比底层的女人胸部平坦，不信的话，你看看那些名牌什么的，明明就是为平胸者设计的。

最最重要的一点，地球人都知道，越丰硕的胸部，越抵不过地心引力的吸引。

胸大有好处吗？当然有，那就是你当了妈之后基本不用为奶水不足而发愁。这样看来，大胸受青睐的原始初衷可能只是，这样的女人好生养。

说了这么多，我只是想表达，大胸真的没什么了不起，平胸女子大可不必为此烦恼，就连德艺双馨的苍井空老师也不是靠大胸取胜，我辈平凡妇人又何必执着于胸部的尺码大小。

女人总是喜欢把人生的困境归咎到某个问题上，并把这个问题无限放大。我嫁不出去，是因为我平胸；我找不到工作，是因为我个子矮；我被人抛弃，是因为我眼睛不够大。丰胸术之所以如此流行，可能就是瞄准了这点，很多人总是幻想着，只要改变了胸围的大小，就能改变自己原本不太如意的人生。

果真如此吗？

回到晓红的故事上，后来，她果然去做了隆胸手术，拥有了傲人的34C，可是，故事中的男主角并没有因此回头。晓红可能忽略了，除了胸部比她大外，她那位闺密也许还有些没那么显而易见的优点，比如说温柔，会做饭，又或者她压根儿没什么了不起，就是更对那个男人的胃口而已。

所以你看，在晓红的故事中，在我们绝大多数女人的人生中，胸部的大小并不重要，至少，它没有你想象中那么重要。

5 张爱玲和亦舒

老实说我孤陋寡闻，直到前一阵看了闫红老师的某篇文章，才知道亦舒是张爱玲的粉丝。在此之前，我只知道亦舒是鲁迅的铁杆，且不说她曾经用鲁迅笔下的涓生和子君作小说主角名，单看文风就知道，短句子写得那么狠辣漂亮，一看就明白深得迅翁真传。

其实很难将亦舒和张爱玲联系在一起，最大的缘故是总觉得两人不是一个路数的。以为人论，亦舒是典型的现代都会女子，只可我负人，不让人负我，看她后来痛斥岳华等前任来，是何等的不饶人。张爱玲呢，骨子里还是有着传统女子的隐忍委屈，但她的委屈不是为了求全，而是因为自重，所以纵使和胡兰成分手多年，写起《小团圆》仍是绝不出恶语。

“见了他，她变得很低很低”，这只能是张爱玲的独有姿势。换了亦舒，便是“即使没有很多很多的爱，有很多很多的钱也好”。

总之，就算是爱，就算是要用男人的钱，姿态也一定要漂亮，一定要够理直气壮，所以，亦舒的笔下没有善于低头的白流苏，只有气势如虹的姜喜宝。白流苏幸好是遇见了还有良心的范柳原，姜喜宝呢，即使没有遇见勖存姿，也会遇见李存姿、张存姿。男人对于白流苏来说是雪中的炭，对于喜宝来说，只不过是锦上的花。

喜宝们是绝计不会让自己被男人辜负的。这也能够解释，为何同样是对金钱表现得斤斤计较的女作家，她们的后半生却截然不同。

张爱玲晚年凄凉落魄不可名状，年轻时那样出风头的名作家，后来竟然沦落到自己在纽约街头不断租房子。而晚年的亦舒呢，住在加拿大的豪宅里，写写云淡风轻的言情小说，窗外是碧蓝的天，即使有人质疑她晚年作品大不如前，但对于她来说又有什么关系?

亦舒对晚年张爱玲复出写作非常不以为意，曾经撰文说：“我始终不明白张爱玲何以会再动笔，心中极不是滋味，也是上了年纪的人了，究竟是为什么？我只觉得这么一来，仿佛她以前那些美丽的故事也都给兑了白开水，已经失去味道，十分悲怆失措。世界原属于早上七八点钟的太阳，这是不变的定律。”我猜想，兴许她不是反对“偶像”复出写作，而是受不了“偶像”的凄凉晚景。

爱上落魄才子这种事，其实张爱玲和亦舒都干过，只是处理的方式完全不同。张爱玲决意和胡兰成分手后，还给他寄了写剧本的三十万。而亦舒就不同了，和落魄画家蔡浩泉分手后，索性连儿子都不要了，避得远远的，你可以想象亦舒会向困境中的蔡画家伸出友情之手吗？写到这里，好像是用亦舒的无情来衬托张爱玲的深情，对此我必须辩白一句，我绝无指责亦舒做法的用意，依我本人个性，处理的方式估计会和亦舒一样。亦舒的很多小说都透露着一层言外之意，那就是：动什么别动感情，伤什么别伤钱财。

对比张爱玲的小说，唯一做得到这点的只有《金锁记》中的曹七巧。至于这种价值观是无情无义还是明哲保身，那就见仁见智了。

再来说文风，中国女作家中很少有像她们这样深受传统文化影响的。张爱玲的小说自不必说，完全就是小型的没落贵族史，亦舒书中的男女也无一不是熟读红楼诗经出口成章的，可是两人的文风完全不同。张爱玲的文章是工笔细描的金绿山水，亦舒则是惜墨如金的水墨写意。读张爱玲的小说如同欣赏画屏金鹧鸪，初见之下大为惊艳，久之容易头晕眼花。读亦舒则如听弦上黄莺语，初读只觉恰恰娇啼清脆可人，读多了就会厌倦其单调。读者阅读的心境往往与作者写书的心境相似，张爱玲最喜雕琢字句，看她的书有时要读出来，一字一句都不能轻易放过，亦舒写书全不费力，所以读者看起来也毫不费力。

要说异中之同，两人还真有相似之处。她们把言情小说写到了登峰造极的地步，她们对世态人心的刻画宛如名医手中的手术刀一样精准；她们都拥有相当多的粉丝，尤其以女文青居多；她们的小说均多警句，这些警句常被粉丝们挂在嘴边，奉为人生箴言。

说张爱玲写的是言情小说，估计张迷们会愤愤不已。事实上，她从小爱看的就是鸳鸯蝴蝶派小说，自己也曾说："二十二岁了，写爱情小说却从来没有谈过恋爱。"她的小说兼具文学性和言情性，在严肃文学阵营中，她的小说无疑是最富言情性的，而在言情小说阵营中，她又是最具文学气质的。如果说《金锁记》为她奠定了文学史上的地位，那么《倾城之恋》《十八春》等则为她赢得了最广泛的粉丝群体。如果只有前者没有后者，说不定张爱玲身后就会如同大多数民国女作家一样寂寞了。

倘若在张迷中做一个调查，我敢打赌，绝大多数都是因为后一类小说而喜欢上她的。张爱玲的传奇地位大致要拜此类小说之功。没有办法，人们虽然看不起通俗文学，但在中国最受欢迎、受众最多的始终是通俗小说。搁在数百年前，红楼水浒如何不通俗？

现当代以来，就没见过什么纯文学作家红遍天下的。莫言获奖后声名大振，但对于大多数读者来说，提起他来只想到诺贝尔奖，至于他笔下的人物，我敢打赌，绝对不如郭靖韦小宝那样无人不知。所谓雅俗共赏，其实只有俗文化才能如此，老百姓是赏识不了阳春白雪的。

年少时读张爱玲，我的兴趣点全在“大旨谈情”的段落。记得《小团圆》刚出版，和一位朋友聊天，不约而同地提到了那句“雨声潺潺，像是住在溪边，宁愿天天下雨，以为你是因为下雨不来”。这样的句子纯是言情笔法，最易流传。其实这类句子换个言情小说写手，写顺手了未必写不出来，但张爱玲的过人之处，并不在此。

亦舒常常在书中自嘲写流行小说的是如何肤浅，其实以她的功底，即便是写最通俗的言情小说，仍然有中国文化的雅韵在里面。亦舒的特点是并不追求文学上的不朽，这样做有好有坏，好处在于游戏笔墨轻松自如，坏处则在于写得太多有过滥之嫌。

张爱玲则不然，不管处境如何，她对自己的创作始终有着严苛的要求，晚年过得那样困窘，也不见她随意卖文。一万多字的《色戒》，来来去去修改了好几次，《小团圆》写好了始终不肯出版，一来是怕胡兰成沾光，二来也是对这部作品的质量并不自信。写不出就不写，绝不随意敷衍，这是张爱玲真正不可及的地方。反观亦舒，写足了一世，她的目的很简单，能够卖钱就好，畅销当然更好。

“使我有身后名，不如生前一杯酒”。第一次看到张翰这句名言，我就想到了亦舒，不知她是否会引张翰为隔代知己？人的一生有多种选择，你可以追求将自己的潜能发挥到极致，也可以选择斗鸡走狗过一世，我想亦舒这辈子应该了无遗憾。作为她的粉丝，我偶尔倒是不无遗憾地想，如果亦舒把自己的才华省着点儿用，不那么挥霍的话，有没有可能写出和《金锁记》比肩的作品？不过想想《朝花夕拾》，想想《流金岁月》，想想《我们不是天使》，又觉得没什么遗憾了。毕竟，如果遍地都是《金锁记》，看得人也怪憋闷的。

6 假如命运亏待了你

阿施是我采访中认识的，地地道道的广东本地人。要说全中国还有哪个地方的女孩子还保留着古代女性温柔娴雅的本性，可能非广东莫属。阿施是货真价实的“靓女”，人生得高挑秀丽，我生完瓜瓜后，她来家探我，家里人都大为惊艳。

人一美就容易恃靓行凶，阿施却完全没有这样的倾向。她岂止不凶，而且还温柔得很，说起话来总是和声细语的，配上动人的微笑，真让人有如沐春风的感觉。我老公和她接触不过两三次，每次都感叹说，想不到天下还有如此温柔的女子，当然，参照物如果是我的话。这个标准有点低，不过阿施的温柔可见一斑。

阿施可以说是天之骄女。出生在小康之家，父亲是医生，大学毕业后就顺利考上了公务员，又嫁了个疼爱她且前程似锦的老公。这样的生活，顺风顺水得足以令广大女性妒嫉。我承认，尽管阿施平易近人，有时候我还是会觉得和她之间颇有距离感，因为彼此境遇相差太远。

我采访阿施的时候，正是她人生的巅峰。那年是虎年，她的本命年，正好我们要找十对属虎的新郎新娘采访，阿施就是这十位新娘中的一位。当时她向我描述新婚燕尔的生活，言语间不时流露出初为人妻的甜蜜。我记得她发给我的照片，穿着白色的婚纱，赤足踩在海滩上，对着老公一脸灿烂的笑，她的身后，是碧蓝的大海。长久以来，阿施给我的印象就像这张照片一样，美得不染人间烟火。我有时想，天使落入凡间，或许就是她这个样子。直到我也做了母亲，两个人比以前亲近了些，有次吃饭时聊起家庭，她忽然问我："你知道我家里的事吧？"我懵懂地摇了摇头。阿施想了想，终于开口说："我老公出了场车祸，很重的车祸。"我一下子懵了。

变故发生在一年前，那时阿施刚生了宝宝不久，孩子还只有两个月，老公就因疲劳驾驶出了场车祸，车撞得完全变了形，人也撞得七零八碎，骨头飞了一地，有些都捡不回来了。老公在 ICU 里住了小半年，这期间，阿施的妈妈也生病了，查出来居然是癌症，父亲要上班，家里家外都是阿施一个人在忙，怀里还有个嗷嗷待哺的小娃娃。最痛心的是，婆婆不但不帮她，还指责她没照顾好儿子。

再难熬的日子也会挺过去，等到阿施向我诉说的时候，事情已经过去了一年。老公还在住院，正在缓慢康复中，可以不用拐杖独立走动一段路。妈妈的病没有恶化，生活能够自理。宝宝也长大了，会走路会说话，还会给妈妈倒水疼妈妈啦。

"我都不知道自己是怎么熬过来的。"说到这些，阿施的眼圈有些发红，很快又恢复了微笑。她说，最艰难的时候都想过要放弃了，那些日子里，儿子就是她生命中唯一的光。

我看着面前的阿施，她还是那么靓丽温柔，我根本想象不到在她身上曾经发生过这么大的不幸。我和她认识以来，似乎一直都是她在关心我，工作上有什么烦恼，采访时想要找本地人，都是找她帮忙。在过去的一年里，这种状况也没有什么变化，每次我在 QQ 上和她说话，她都是事无巨细地一一解答。

在她的空间里，我常常看她晒一些旅行、聚会和与朋友吃饭的照片，照片中阿施看上去开开心心的，只是比以前瘦了些，我何曾想到，在她产后暴瘦的背后，有着这样的变故。长久以来，阿施就像一轮小太阳，向身边的人散发着光和热，这些人中就包括我，可是我居然不知道，小太阳的内心早已经燃烧成了灰烬，曾经面临着完全冷却的困境。

“其实也没什么啦，也许是老天以前对我太好了，所以要考验一下我。”阿施说，在过去的一年里，她使出了全身的力气去努力生活，努力照顾好每一个家人，把自己打扮得漂漂亮亮的，儿子生日时让人上门拍亲子照，把全家都安顿好了还抽空去了次泰国，最后她发现，原来一直习惯被人照顾的她，也可以这么能干。

说到未来，阿施对老公的彻底康复并不是特别有信心，她唯一可以确定的是，不管处于什么样的境地，都让自己的生活保持“正常”的样子。

“如果我都倒下了，一家人还怎么支撑下去。”阿施掏出手机给我看她的亲子照。照片上，她抱着儿子，两个人都在笑，比起海滩上的那张照片，她的笑容不再那么无忧无虑，而是多了一些沉甸甸的内容。可我怎么觉得，这些沉甸甸的内容令她的美更有质感了呢!

和阿施有相似经历的还有我的姑姑。姑姑和人合伙开了一间美容院，在她四十一岁这年。

这是她第 N 次创业了。自从三十岁那年她和姑父双双下岗以后，姑姑卖过服装、开过饭馆、推销过玫琳凯，甚至还远走贵州开过洗脚城，结果无一例外以亏本告终。人们都说“奸商奸商，无奸不商”，像姑姑这么善良老实的人，做生意怎么赚得到钱？连她本人也不忘自嘲说：“我这个人，天生就不是块做生意的料。”

如此折腾了几年之后，姑姑原本攥在手里的一点点存款全部打了水漂，还欠下了一屁股债。生意最惨淡的时候，是和人一起在县城开服装店，店子开在新的步行街里，一串儿四个门面连着，看上去气派得很。当时姑姑是借了高利贷准备去打翻身仗的，谁知人算不如天算，步行街人气始终不旺，生意也跟着毫无起色。

那年暑假我去看她，偌大的服装店只有她一个人守着，为了节省开支，连卖服装的小妹也不请了。中午吃饭时，小表妹也在，我突然懂了事，推说不饿，三个人只叫了两份盒饭，姑姑还是保持着热情的天性，一个劲地往我饭盒里夹肉丝，自己光吃青椒了。

服装店没撑多久还是关门了。姑姑还算平静地接受了这个现实，为了还债，更为了一双儿女，她去了好姐妹开的超市里打工，说是售货员，其实收银推销什么都做。超市货物运来时，姑姑帮着搬上搬下地卸货，有时做饭的回家去了，她也帮着料理一大群人的伙食。其实她的本分只是售货，可姑姑说：“都是很好的姐妹，能搭把手就搭把手，计较那么多干吗。”姐妹为人和气，见了她还是和以往一样亲热，但工资并没给她多开，过年的时候发给她和员工的红包也是一视同仁，都是一百块。

姑姑的腰椎病就是那时候落下的，毕竟，有些货物像酒水饮料什么的着实不轻，三十岁以前，她过的是养尊处优的少奶奶生活，哪里干过这样的重活。每次卸货之后，腰都会酸痛好几天，有时胳膊都抬不起来了。

为了小表弟上学方便，姑姑一直住在镇上。她在镇上是没房子的，还是从前的姐妹出于好心，借给她一间房子暂住。我去她住的地方看过，通共一间房子，搁着两张床，吃饭睡觉都在这间房子里，平常她和姑父带着小表弟住，表妹回来了也住这儿，看着未免有几分心酸。

屋角摆着个简易衣橱，拉开一看，好家伙，满满一衣橱的衣服裙子，都熨得服服帖帖挂得整整齐齐的。再看看姑姑，小风衣披着，紧身裤穿着，摩登的样子一丝不改，真像是陋室中的一颗明珠。我这才发现，原来自己的心酸是太过矫情，到哪个山唱哪首歌，人家瞧着姑姑是落魄了，她其实过得好着呢。

再后来，姑姑连生了两场大病，先后摘除了子宫和阑尾。人看上去憔悴了不少，脸色远远没有年轻时那样光彩照人了，只是穿着打扮仍然丝毫不松懈。我问起她的病，她就撩起衣襟给我看她小腹上的两道疤，两道粉红色的疤痕凸现在她雪白的肚皮上，看上去略有些面目狰狞，我看了眼就掉转过了头，她却开玩笑说："这要再生个什么病，医生都没地方可以下刀了。"

谁都以为姑姑会在超市里一直干下去，直到干不动为止。没想到事隔多年以后，她拿出多年来和姑父打工积攒的辛苦钱，又一次投身商海。当然，这次她保守多了，只是美容院的小股东，而且兼职店面看管人，每月能拿固定工资，不至于一亏到底。开美容院这个行当还真适合姑姑，她打小就爱美，不管处于什么样的境地都把自己收拾得光鲜体面，小镇上的人一度拿她当时尚风标，说起她来都爱叹息"自古红颜多薄命"。

姑姑薄命吗？兴许是的。从三十岁以后，命运从来都不曾厚待过她。病痛和穷困就像那两道面目狰狞的疤痕，印在了她的身上，可是姑姑既不怨天尤人，也不妄自菲薄，而是带着那两道疤痕坦然地面带微笑活下去。

最近姑姑加了我的微信，她仅仅读过初中，用起微信来却并不生疏，我经常看她在朋友圈里上传一些美容、养生的内容，想象着在老家美容院里温言细语为顾客服务的姑姑，心头时常会响起她劝我的话：“媚媚，人这一生啊，说长不长，说短不短，别计较那么多，什么事情都要想开点，吃点亏不用放在心上。”

姑姑已经四十一岁了，这两年苍老了很多，可是在我心中依然那么美丽。不仅仅是我这么认为，听说她现在还有追求者呢。

如果你还想听的话，我还可以说出很多这样的故事，我奶奶的故事、胡遂老师的故事、小邬师姐的故事、保安小王的故事、我自己的故事。

是的，我之所以会说这些故事，归根到底是为了在她们的故事中找到支撑我前行的力量。这些年来，我一直过得很不开心，有时我问自己：“你为什么这么不开心呢？”抱怨成了我的常态，只要是和我走得近的人，都听过我的抱怨。我总是想不明白，凭什么我这么努力，却一直得不到回报？凭什么人家可以轻松自在，我却要这么辛苦？凭什么不公平不走运的事，都要落在我的头上？

我一直认为，命运亏待了我，到底是不是这样呢？答案已经不重要了，当你听完姑姑和阿施的故事就会发现，即使命运亏待了你，即使生活辜负了你，你也要做到，不辜负自己、不放弃自己。那么多人在用力生活着，那么多人背负着伤疤仍然不忘微笑，我如果再不打起精神活下去，又怎么对得起老天赐予我的生命？

人是多么脆弱，每一次苦难都会在我们身上留下难以磨灭的伤痕；人又是多么坚强，只要苦难不足以致命，就会在泥泞中挣扎着站起来，重新出发。

我们无法选择命运，我们唯一可以选择的是，当命运露出狰狞的一面时，坦然无畏地活下去。

7 有间客栈

几年前去丽江旅游，正是夏天，恰逢旅游旺季，满街都是人。刚下车时我们忙着找客栈，经过一条僻静的巷子时，突然有人叫住我问："你住不住店？"抬头一看，原来是一位纳西族的老婆婆，帽子下的头发已经银白了，脸上表情挺严肃。

由于阿婆的客栈没有院子，我不是太满意，委婉地表达了自己的意思。

阿婆一听，二话没说就带我们下楼，说是替我们去找有特色的客栈。到了隔壁的纳西人家客栈，是个传统的纳西四合院，院里还有个秋千，我觉得挺好的。老板娘还剩两个房间，小的开价一百，阿婆沉着脸驳回她："这么小的房子还收一百，八十就行了。"

胖胖的老板娘应了声好，声音有点怯。我看着这个满头银发的老婆婆，忽然觉得瘦小的她其实挺气派的。

第二天还在梦中，就听到了敲门声，阿婆站在窗外叫我们："快起来，去我那儿吃早餐。"

梳洗完到了隔壁，好家伙，一大桌子人正围坐在一起吃早餐，我们名不正言不顺的，讷讷地不敢行动。阿婆拿出两条小板凳，招呼着我们往桌前坐。早餐很丰盛，白粥油条，乌江榨菜，还有一盆鸡蛋，不限量，随便吃。

吃饭的时候大家嘴也没闲着，就聊了起来，原来都是来丽江旅游的游客，有住在阿婆那儿的，也有没住那儿的。有群北京的游客刚跟团从香格里拉回来，你一言我一语地控诉着藏族导游的凶悍，四五十岁的阿姨，在阿婆跟前居然像个受了委屈的孩子似的，说话间隐隐带着向母亲撒娇的味道。

阿婆虎着一张脸坐在旁边，像训小孩一样训阿姨们："我叫你们别去，你们非得去。不听话，现在知道了吧？"语气还是硬邦邦的，可谁听了都知道这老人其实是个古道热肠。

普普通通的一顿早餐，就着阿姨们的说笑和阿婆的训斥，我居然吃出了家的味道。

当天阿婆让客栈的大叔领我们去拉市海骑马划船，上午玩得挺尽兴的，下午大叔把我们送到了束河，解释说不知道我们玩多久，所以不过来接了。路上和大叔闲聊，才知道这个阿婆姓杨，七十多岁了，一辈子都没有结过婚，脾气怪怪的，可人特别好。大叔告诉我们，有次他父亲病了，阿婆坚持要陪他们去昆明看病，来回的路费都非得不让他给，得自己掏。

阿婆是电信局的退休工人，领着两千多的退休工资，客栈一年下来也至少有个十来万的收入，她孤身一人无处花钱，开客栈也只是为了有个念想，并不是纯粹为了赚钱。所以为人处世颇有点儿仗义疏财，很多人接受过她的帮助，光是给一个马队就捐了几吨水泥，在丽江人面很广。

我们在束河待了一下午才回丽江去，刚进客栈，老板娘就迎上来说：“不到六点阿婆就来叫你们吃饭了，我让她先吃了。”

晚上见了大叔，觉得他脸色不太好。后来才知道，那天阿婆见我们久久不回来，又没有我们的电话，心里着急，就埋怨大叔为什么不去束河接我们，说他做事“不地道”。为了两个陌生人而不惜开罪多年的邻居，看来这个阿婆的确有点怪，好得离谱，也怪得离谱。

我们还是想去香格里拉，阿婆只得帮我们报了一个团，给的是全城最低价。第二天约定六点钟就出发，天还没亮，当我们来到阿婆的客栈时，她已经熬好了稀饭，并督促我们吃了下去，我真不知道她是什么时候就起的床。

当时我就穿了件短袖，阿婆板着脸训我：“知道这边冷也不多带点衣服来。”转身就进屋找了件粗线毛衣，非叫我穿上不可。怕我们有高原反应，阿婆又忙找了瓶氧气给我们。

两天的香格里拉之旅，给了我们一行三人满腹的委屈。回到客栈，见了阿婆，三个人忙不迭地诉起苦来，阿婆就像以前训那些阿姨一样，板着脸训我们：“谁叫你们不听话了，叫你们别去非得去。”

晚上，阿婆领着我们吃完饭就催大家回客栈，原来正好赶上了纳西族的火把节，她特意留了三个火把等我们回去点。路过丽江广场时，我说想和她合张影，阿婆白了我一眼：“有什么好照的，你好烦啊。”我悻悻地低下头，她却笑了：“等下回客栈点了火把再照，这个广场没啥好照的。”

火光融融下，我们一伙年轻人聚在一起，阿婆撺掇着几个小伙子不停地跳火把，跳了一次，她还不满足，又说：“我没看见呢，再跳一次。”也许是受到了年轻人活力的感染，那晚阿婆笑得很开心，也不像平常那样虎着脸训人了，所有人都争着和她合影，火光掩映着阿婆灿烂的笑脸，看起来完全不像一个七十多岁的老人。

不幸的是，平平从香格里拉回来就病了，上吐下泻，从阿婆那里拿了点药吃还是没有好转，吃不了东西，只想找个粥铺喝粥。阿婆一听粥铺就瞪眼睛："在外面吃一碗粥就要四块钱，贵死了。"说完就去熬粥，平平忙说谢谢，阿婆还是训他："你一个年轻人，怎么这么多事啊，马上就好起来吧。"

听给阿婆料理客栈的大姐说，一条街的人都觉得阿婆是个怪人，背地里没少议论她。大姐也弄不明白，阿婆不愁吃不愁穿的，整天为这些陌生人忙来忙去是为了什么。

其实我也不是很明白，阿婆到底是为了什么，她的客栈才六间客房，可高峰期居然有二三十个人来吃早餐，家里的水果零食任取任予，这些浮萍似的游客一旦离开丽江，又有多少人能记得她的恩情呢？所有人都有求于阿婆，大至住宿出行，小至购物逛街，在街上碰到两个女孩子，买条裙子都要拉着她去还价，但阿婆呢，她从我们这些陌生人身上又能获取什么呢？

那天晚上，我看见阿婆带着一群高中生去逛街买特产，有个小老板来找她办事，她指指身后笑语喧哗的女孩子们说："我可不比你们那么有时间，每天都有这么一大帮人要我管，哪有时间弄这些事啊。"言语间透露着一种充实的满足感。

那一瞬间我突然明白了什么。陌生人和陌生人之间能够交换的，无非是彼此的善意和温情吧，而日复一日的忙碌，也让孤独的阿婆享受到了难得的亲情。阿婆拿我们这些过路客当女儿、当孙女，多多少少总有些游客也会当她是妈妈、是奶奶。我看见她的桌子上摆着本影集，全是她和别人的合影。听人说，阿婆的信件也是最多的，总是有人从全国各地给她写信，寄东西，有次收到一个包裹，寄来的是丝被，阿婆心疼地说："非得用个盒子装了寄，这得多花多少钱啊。"但是我想她心里肯定是挺温暖的。

看来不单是我们需要阿婆，阿婆又何尝不需要我们呢？就像一部外国电影里所说的，"我总是依靠陌生人的善意才能够活下去"。

四天的日子很短，我们就要离开丽江了。结账时，阿婆坚持说那顿米线是她请我吃的，不收钱，要知道这可不是6块钱一碗的米线，要价可得25元啊。而平常的那些矿泉水啊药物啊酸奶啊，她更是坚持不收钱了，谁也犟不过她的固执。

帮我们订好车票后，阿婆非要送我们去坐车，虽然打的只要7块钱，但是她的原则是不该浪费的钱绝不多花。见我走得慢，阿婆一把抢过我的行李就背在了身上，她以前是送电报的，即使上了年纪仍然是健步如飞。跟在她的身后，我要小步跑才能追得上。

公交车开过来了，阿婆担心我们没有零钱，忙掏了两块钱给我们。来不及好好告别，我们就匆匆地上了车。汽车开得很快，一下就看不到阿婆瘦小的身影了，我这才发觉，对于这个陌生的老婆婆，我竟产生了和奶奶分开才有的那种离愁。

回来后，我回想得最多的就是这个阿婆。在一个陌生的地方，却能找到回家的感觉，把陌生的邂逅变成亲人的相依，阿婆啊，你虽然普通，却是我此次旅程中遇到的最大的奇迹。一座城市是否美好，在于那里是否有我们牵挂的人，有了阿婆，丽江于我，不再是一个商业名城，而是一个散发着浓浓亲情的家园。

打下广告，阿婆的客栈是不挂牌的，在河畔旅舍旁边，里面有块牌子写着“有间客栈”，这个别致的名字，必然也是哪个陌生游客给予阿婆的回报吧，他一定看过周星驰的《鹿鼎记》。丽江有淡季旺季，阿婆的客栈却四季红火，靠的是口口相传的口碑，有想去丽江的朋友可以问我要阿婆的联系方式，顺便捎去一个陌生游客对她的思念。

8 失败者之歌

我们的生活，满是磨损的神经和未愈的伤口。

在读完耶茨的两本短篇集和一本长篇后，我已经可以确定，耶茨就是我今年的年度作家。

毛姆是我去年的年度作家，对于我来说，耶茨的意义甚至在毛姆之上——毛姆描述的是一个我向往却无法抵达的世界，耶茨却写尽了我在真实人生中遇到的和可能遇到的困境。

他笔下人物的每一点痛楚都能让我感同身受：纽约格子间里失业了还强装体面的小职员，出去寻欢被初识朋友抛弃的退伍军人，连生活都难以维持却幻想着能成为著名雕塑家的单身母亲，渴望成为文学家却不得不替出租车司机做枪手的落魄作家，美国合众社里每日战战兢兢的小记者……他们的故事告诉我们，即使你不甘平庸，即使你苦苦挣扎，最后的结局还是一样惨淡，和惨淡的结局相比，之前的自命不凡和挣扎奋斗就成了一个笑话。

就像名篇《哦，约瑟夫，我很累》中所写的那个单身母亲，带着两个孩子住在贫民区里，出场的时候，她的人生得到了一个机会，有人介绍她给罗斯福制作一个头像。那个母亲把所有的希望都寄托在这件事上，最后，头像制好了，她带着头像去白宫参见了罗斯福，可是没有闪光灯，没有长篇报道，没有接踵而至的名誉和利益。她费尽全力抓住了一个机会，可是人生还是没有任何转变。

耶茨写道：我能想象当天下午她乘坐那趟开得又慢又久的火车回纽约时，是什么样子……她独自一个女人，勇敢而艰难地走过来，为了吸引世界的注意，一路上，她始终呵护着自己的才能。不公平啊。

更不公平的事情在后面，接下来，这位母亲被她的情人抛弃了。

耶茨的小说就是这样，人物一出场的时候，往往正在迎来人生中的一次重要转机，这个机会可能是具体的，像制作罗斯福头像之于上文中的母亲，也有可能是一种象征，像巴黎之于《革命之路》中的弗兰克夫妇，还有可能是以荒诞的面目出现，像出租车司机的代笔要求之于落魄作家。

故事发展到后来，无一例外地走向幻灭，没有什么转机能使我们的人生好转，也没有可爱的家人朋友能使我们感觉好受一点儿。做枪手的落魄作家炮制不出畅销作品，弗兰克夫妇去不了巴黎，单身母亲也没办法成为艺术家，希望来了，又破灭了。从那以后，他们的人生几乎满是磨损的神经和未愈的伤口，一如我们。

作为旁观者，我们清醒地意识到，所谓的转机，原本就是虚幻的。比如说，你可以指望一个为出租车司机代笔的作品真的可以畅销吗？可是故事中的人物当局者迷，总是在徒劳地挣扎着，这种挣扎除了加快他们人生下坠的速度外，别无他用。

我们只能眼睁睁地看着他们的人生一路下坠，备感心痛同时无能为力，我们自己的人生又何尝不是如此。

千千万万个他们就是正在迷茫痛苦或焦虑抑郁的我们。

没有一个作家能像耶茨这样终生只为失败者立传。他说，与成功相比，他更愿意书写失败。

这和他自己的人生经历有关。

耶茨一生从未大红大紫，任何一本精装书的销量都没有超过一万两千册。他很小的时候父母离异，母亲对他的照料并不精心，照他书中所写，当幼小的他和姐姐饿得肚子咕咕叫时，母亲却躺在床上对着他们大念《远大前程》。

耶茨结过两次婚，两次都离异了，女儿们跟着前妻过。晚年，他一个人独居在一间简陋的小屋里，白天写作，晚上酗酒。

有了这样的人生经历，不难理解耶茨为何会选择为失败者代言，因为他本身就以失败者自居。那些失败的经历成就了他的写作，他最好的几部作品都是以自己的经历为蓝本，像《问家人好》《建筑工人》《哦，约瑟夫，我很累》等篇。

耶茨笔下没有一个世俗意义的成功者，主人公要么婚姻已经破裂，要么濒临破裂，要么战战兢兢做着一份十分厌恶的工作，要么已经失业，我们为之恐惧的一切他们都在亲身经历着。有人说读他的小说得不到一丝安慰，我倒觉得安慰还是有的——至少你会发现，世界上不是你一个人在受苦。

耶茨做过记者，他很不喜欢这份工作。作为一个以此为生的人，我太喜欢他对这一行的调侃了。他说，这算不上什么美差，但是若有人问我是干什么的，我便说“在合众国际社工作”，这话听上去颇为自豪。

耶茨是不是每天都会一脸倦容地走向报社大楼？嗯，我也是，当然，我的这家报纸比他的小多了。耶茨是不是每天几百字几百字地写着各类消息，其实从来没有弄懂过到底是什么意思。见鬼，我也是。耶茨是不是真的很关心新闻事业？当然不是。所以后来他被炒了，我觉得我的那一天也快到了。

《建筑工人》是我最喜欢的耶茨作品，所以上面忍不住戏仿了一段，看过的同学笑笑就好。原文中，耶茨是把海明威和他自己放在一起对比。

耶茨终身崇拜的偶像有两个，一个是海明威，另一个是菲茨杰拉德。

除了都做过记者外，他和海明威还有一个共同点，他们都在巴黎生活过。

弗兰克夫妇没有去成巴黎，年轻的耶茨夫妇倒是去成了。在巴黎的时候，耶茨坐在租来的小屋里，一篇接一篇地写，收到的几乎都是退稿信。你看，人生就是这样残酷，不会因为你换一个地方生活就会产生任何本质上的改变。

耶茨从未停止写作，哪怕后来疾病缠身、终日酩酊。我一直觉得，一个人只要写得足够好，他总会最大范围地为人所知。可是耶茨死后足足沉寂了十来年，作品基本绝版，直到《革命之路》被拍成电影后才重新进入人们的视野。不公平啊。他写得那么好。

耶茨曾经想走海明威那条路，可惜没有成功。后来回到美国后，他又试图走菲茨杰拉德那条路，跑到好莱坞去做编剧。他当然也没有成功。

耶茨终身追慕菲茨杰拉德，这种追慕不仅仅是文学上的，也是生活方式上的。大半生都在窘境中辗转的耶茨，好不容易得到了一个去好莱坞写剧本的工作，他毫不犹豫地去了，认为这是一次意义重大的冒险，相当于菲茨杰拉德来到了好莱坞。

在小说《告别萨莉》中，他写到自己曾经无限接近过这种生活：住在海边的豪宅里，隔三差五开开party，和漂亮的女伴喝酒作乐，写作不朽的作品。

这是典型的菲茨杰拉德式的生活。

出身寒微的耶茨曾经渴望着这样的生活能够向他敞开大门。有一天，门打开了，置身于其中，他才发现自己和这类生活格格不入，他只好退回到他原有的世界里去。在那里，他只能住在蟑螂横行的小屋里，躺在散发着霉味的床垫上，继续写着少有人问津的作品。

终其一生，他都没有过上像海明威或者像菲茨杰拉德一样的生活——受人尊敬，光鲜体面，周围到处都是崇拜者。

还好，有一点他做到了，甚至干得比他的偶像们还要漂亮。

他写出了不朽的作品。

keep calm
and
carry on

第二章

那个陪你一起吃苦的姑娘，

怎么没能陪你到最后

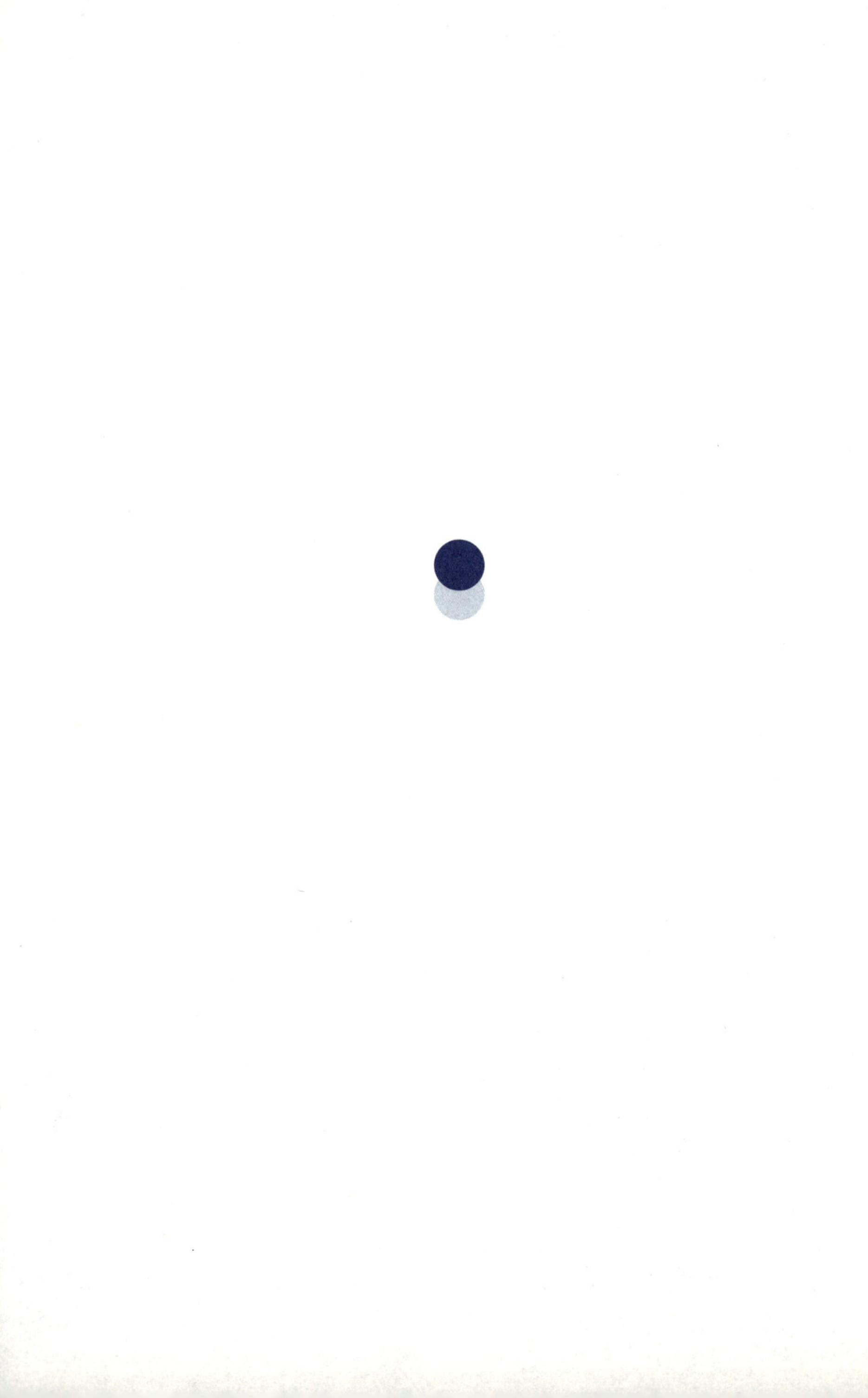

1 / 一个不能上升到金钱的爱情故事

在豆瓣上看到咪蒙大人的一篇雄文:《不能上升到金钱的爱都不是真爱》，边看边击节赞叹，真想给咪蒙点一万个赞。之所以如此有共鸣，是因为我见识过真正的零成本恋爱，并且由此发觉，不能上升到金钱的爱对一个女人的伤害有多深。

刚毕业那会儿，我与人合租一套两居室，房子很小很破旧，厨房里到处都是蟑螂，厕所的地板老是往外渗水。室友是我的老乡，这里就叫她小安吧，小安在一所中学任教，外表和为人一样朴实，不化妆，不打扮，没事就在家拾掇，把陈旧的老房子收拾得干干净净的，而且烧得一手好菜，周末的时候总有些朋友同事到她这儿来蹭饭。

我住进这套房子的时候，小安已经快二十八岁了。在我们这种三线城市，二十八岁还没有男朋友已经足够让人在背后指指点点。

小安二十八岁生日那天，朋友们提着蛋糕礼物来给她庆祝，小安做了一桌子的菜，我也贡献出了珍藏的红酒。红酒是进口的，味道很醇，那是小安第一次喝红酒。一大桌子的人乱哄哄地吃菜说话，谁也没留意她一个人默默地喝掉了半瓶红酒。

吃蛋糕前，朋友们起哄让她先许个愿，小安脸泛红云，眼波欲流，对着插满蜡烛的心形蛋糕，清晰地说出了自己的愿望，她说："我希望今年能够找一个男朋友。"

大家愣了一下，然后纷纷起立，回应以热烈的掌声。

那天晚上，朋友们走了后，小安继续一个人自斟自酌，我走过去抢她的酒杯，她紧紧握住那个杯子，眼泪汪汪地盯着我说："亲爱的你知道吗？我二十八岁了，还从来没有谈过恋爱。从来都没有。"她哭着问我是不是特别丢脸。

我什么都说不出来，只是拿过酒瓶，给她加满了杯中的酒。

生日过后，亲朋好友都踊跃地给小安介绍男朋友。在这些相亲对象中，她看中了其中一个姓陈的男人。这个男人的优点是在某家高福利的机关单位上班，是这个年代最受丈母娘青睐的公务员女婿人选，缺点是个子比较矮，肚腩比较大，头发还有点少。

老实说，小安稍微打扮一下还是挺清秀的，我们都觉得她配老陈有点绰绰有余，可是小安明显等不及了，她觉得以她目前的年龄来说，已经没有太多挑选的余地。我记得她在第一次相亲后回来跟我说："他三十岁了，听说还没有恋爱过。"

我认真地问她，你觉得这样好吗？小安想了想，娇羞地说："我觉得挺好的。"

然后她就开始恋爱了。

回想起来，那是我跟她住在一起目睹过的她最快乐的时光。我始终记得，二十八岁的女孩子，守在厨房里，系着围裙，花两小时无比耐心地煲一锅汤，只为了让她的男友在下班时能够喝上一口暖暖的老火靓汤。

他们好像没有经过太多的轰轰烈烈，就直接进入了细水长流的阶段。每天傍晚，我下班回到家，通常都可以看到小安在厨房里忙碌，老陈呢，一开始还在厨房帮忙，但屡次被小安从厨房推出门来，理由是“你上了一天班辛苦了”，就好像她在家闲了一天似的。后来他索性就坐在客厅里等饭吃，顶多是在饭菜端上来时说一句“麻烦你了”。

恋爱对于小安最大的改变就是，下班后有了个可以一起吃饭的人。这对于她来说已经很满足了，从来没有恋爱过的她，全心全意地投入到这段感情之中，好像要把积蓄了二十八年的爱恋，全部用在那个相识不久的男友身上。她为他做饭，给他洗衣服，陪他一起看肥皂剧，去香港的时候，特意给他买了块天梭的表，足足花掉了她一个月的工资。

从某种程度上，我认为美貌是和贤惠成反比的。大凡略是平头正脸的，就生就一身娇滴滴的懒肉，吃口饭都恨不得男友喂进口，而小安简直生来就是做贤妻良母的料。那时她正在学着做西点，我每次闻着客厅里传来的浓郁香味，口水直下三千尺，对那个坐享其成的老陈无比羡慕嫉妒恨。

两人发展得很快，年中相识，年底已经在讨论着去哪里买房子——但问题就出在买房子上。

一天晚上，老陈和小安在客厅看电视，我识趣地退守到卧室里。客厅里传来一阵小声的争吵，很快有人开门走了，过了一会儿，小安眼睛红红地敲开了我的门。我吓了一跳，试探着问她是不是被非礼了。小安吞吞吐吐地说："陈哥向我借钱了。"

这个消息可远比逼奸未遂更震撼人心，我忙问："借多少?

"八万。"

这可不是一个小数目，我追问："用来干吗？"

"赎楼。"

小安告诉我，老陈想换个大房子，可他原来买的房子还有贷款没还清，所以想让她先帮忙还下贷款。

对此我十分不解："你们才恋爱没多久，为什么要问你借钱啊？不能问朋友什么借吗？"

小安解释说老陈是北方人，在这边没什么朋友。

我彻底无语了，一个大老爷们儿，好歹在社会上混了这么多年，怎么就连个朋友都没混上呢?

后来我总算知道，为什么老陈会交不到朋友。

那天我们挤在一张床上聊到很晚，小安虚心地问我，一般情况下，情侣之间会如何恋爱。

事实上我远远谈不上情史丰富，只能照着我有限的恋爱经验告诉她，一般情况下，也就是出去吃吃饭、看看电影、听听音乐会、旅旅游什么的。然后我反问她："你们不是这样吗？"

"我们有点特殊。"小安支吾了一阵，终于坦白说起了她和老陈交往的过程。

第一次约会，地点选在中山公园（这里是免门票的），转悠了两小时后，小安说渴，老陈让她先忍忍，因为公园里的矿泉水卖两块一瓶，咱不能便宜了黑心商贩。

第一次吃饭，地点选在真功夫，老陈同学在为了点双人套餐还是分开点合计了半天，两者之间的价格相差大约为 3~5 元，小安吃了套餐后又要了杯奶茶，老陈数落她不懂事，理由是外面的奶茶要便宜 2 元一杯。

第一次来做客，老陈带来的见面礼是一枝玫瑰，然后乐呵呵地吃完了小安做的三菜一汤。后来老陈的吃饭问题基本上就是在这里解决的。陪小安去买菜的时候他态度倒挺好，所有菜都归他拎，当然，他出了力，菜钱就只能由小安出了。

……

听完之后，我总算知道小安的恋爱“特殊”在哪儿了——谈恋爱总得花点钱，可是这位老陈同志接近于一毛不拔。

“极品啊。按说他应该不穷吧，他那个职位可是出了名的肥差。”我总算见识到了什么叫作“零成本恋爱”，要不是对老陈所在单位的底细早一清二楚，我可能就会怀疑他是不是从非洲逃难过来的。

看我反应如此强烈，小安又忍不住为男友辩解：“他虽然小气点，但对我是真心的，他的意思是，钱要存起来用来买房子。我想结婚以后，两个人的钱反正会归在一起，应该没什么大碍吧。”

我唯有苦笑而已。

小安说着说着渐渐抽噎起来："再说我年纪也不小了，长得又不怎么样，现在还能有什么要求呢，只求能找到一个肯和我相依相偎的人就行了。我妈妈说过，女人总是要受些委屈的，只要肯委屈些，他总会对我好的。"

我还能说什么呢，只好抱抱她，小声劝她别再哭了，明天还要上讲台见学生呢。

小安征求了很多人的意见后，最终没有借钱给老陈。他因此消失了一段时间。

那天我难得地提早回了家，恰好碰见老陈来了，不知是不是由于有了偏见的缘故，老陈还是那个老陈，我却觉得他的秃顶前所未有地有碍观瞻。

桌子上的花瓶中插着一枝玫瑰，小安高兴得喜形于色。我却想，老玩一枝玫瑰这一套，你登门赔罪的话好歹多买几枝玫瑰啊，一枝玫瑰那是哄小女生的吧。

小安拉着我一起去吃饭，我平常下班晚，都是在外面吃了再回来，想想怎么也得给室友个面子，于是就去了。点菜的时候，我点了一个黑椒牛扒套餐，外加一盅老鸭冬瓜汤。这个时候，我注意到对面老陈的脸色有点发青，恶作剧的心理顿时冒了出来，挥手又叫了一客香蕉船。

小安只要了个最普通的扬州炒饭，我让她点杯喝的，她摆手说不用了。

等我们吃完买单的时候，老陈坐在椅子上一动也不动，小安见状悄悄地拿出了钱包。

我知道小安平常很节省，买把小白菜都要砍下价，让她破费我于心不忍，连忙掏出钱包说："平常经常吃你做的糕饼，这顿我请了。"结账时才发现，只不过是 168 元而已，何至于有人竟为此岿然不动呢？这样的“铁公鸡”，能有人和他做朋友才怪。

小安也是个节约的人，可是对待朋友从来慷慨热情，朋友们也都爱她，到了周末的时候，就提着排骨青菜之类的过来吃饭。

在没有谈恋爱之前，我们的两居室几乎就是小安学校年轻人的固定聚餐点。可是谈恋爱之后没多久，老陈就郑重地向小安提出，能不能别叫朋友过来吃饭，一桌子人叫叫嚷嚷的吵得人头痛。

小安哪开得了这个口啊，倒是朋友们再来的时候，看见老陈坐在客厅里铁青着一张脸，门神一样，渐渐也就不太来了。

从那以后，小安对老陈更迁就了。学校一放寒假，他们已经在讨论该去谁家过年，结论是年前先去老陈家，然后再一起回湖南，正式向小安的父母提亲。

为了给老陈家人留个好印象，小安特意去了澳门血拼。她给老陈爸爸买了进口烟酒，给老陈妈妈买了高档虫草，给老陈买了名牌西装，最后一狠心，给自己买了件巴宝莉的风衣，外加一套兰蔻的彩妆用品。

我很想知道老陈给她的父母准备了什么礼物，想了想还是没敢问。

过完年回到广东，我以为见面能听到小安的喜讯，听到的却是她分手的消息。

小安蜷缩在沙发上，拎着一瓶烈性白酒，醉眼迷离地看着我说：“告诉你一个消息，老陈和我分手了。”

我吃了一惊，一时间无法判断这个消息到底是喜讯还是噩耗。

当我还没有想好如何开口时，小安已经哭成了泪人：“老陈，他不要我了。”

真是石破天惊。

原来这次小安随老陈回老家，老陈妈妈一开始见到小安还挺热情的，可是看到她带来的礼品，听说她身上的大衣价格后就变得冷漠了，其实小安担心老太太心疼，报的价格还打了个折扣。

“老太太还特意跑去化妆品专柜，看我用的化妆品是多少钱一套的，回来后和她儿子嘀咕了两天，老陈就说不能跟我回湖南了。”小安越说越委屈，她真想不通，自己是为了见未来婆婆特意打扮得齐整些，没想到反而成了奢侈浪费的罪过。更没想到的是，老陈和他老娘站在同一战线，列举了她爱乱交朋友、爱乱花钱等诸多罪状。

“他们的结论是，我不是个适合过日子的人。”小安气愤不已，“你说说看，我怎么就不适合过日子了。”

听到她的控诉，我忽然想起就在不久之前，她还在厨房里，系着围裙，欢天喜地地忙碌着，那时候的她是多么快乐，满心都是把日子好好过下去的憧憬。就是这个姑娘，平常连件阿依莲都舍不得买，却能豪气干云地花掉一年的积蓄，想给男友的家人带去惊喜，结果回报她的却是惊吓。

“我妈妈总是说做女人要学会委曲求全。”小安幽幽地叹了口气，“我已经很委屈很委屈了，为什么还是不能求全呢？”

我能想出的最有效的安慰方式就是陪她去逛街。那天我们逛了春天百货又逛吉之岛，去的都是平常难得光顾的专柜。几个小时后，小安一身亮丽地走出了商场，包里放着一张刷爆了的信用卡。我提着大包小包跟在后面，看到的是一个女人的新生。

从那以后，小安像变了一个样，她在物质上不再苛待自己，只要是在能力承受范围之内的，她都会尽可能地满足自己。

老陈的事对她打击还挺大的，以至于她过了很久才开始下一次恋爱。这次的男朋友很大方，求婚钻戒都要买卡地亚的，倒是小安舍不得花他的钱，执意要求只要买个普通的铂金戒指就好。

她告诉我，后来她还碰到过老陈。有次她和男朋友去逛街，经过一间快餐店，看到老陈和一个女孩在店里吃快餐，简陋拥挤的快餐店里，老陈对着一份普通的烧鸭饭，吃得满面油光。

小安急急走了过去。她有点难过，也有点释然。难过的是，回想起了和老陈在一起所受的委屈，释然的则是，他对其他女人并没有比对她更大方。也许他并不是不爱她，只是这份爱还不足以上升到金钱。

小安说，她其实不介意在哪里吃饭，她介意的是，他明明有能力偶尔请她去吃一顿大餐，却只愿意请她吃最便宜的快餐。

2 那个陪你一起吃苦的姑娘，怎么没能陪你到最后

1

婚姻就像工作一样，年深日久总会让人无比厌倦。

结婚第三年，我开始和家明频频争吵。说出来都是一些小事，比如说他出去打牌彻夜未归，比如说周末我想出去远足他却要在家睡觉，再比如说看电影我要看《月满轩尼诗》，他却要看《未来警察》。

我们就这样吵啊吵，为了一点点鸡毛蒜皮的事情，吵得跟两只乌眼鸡一样，谁也不肯让谁。他指责我不再温柔，我抱怨他不够体贴，我们对彼此的不满日渐堆积。

有一次，我们为了过年回谁家的问题吵得天翻地覆，不知谁带的头，碗啊碟啊哗啦啦扔了一地，等到都扔完了，我顺手操起手边的烟灰缸一扔，没

想到用力过猛，烟灰缸擦着他的额头飞了过去，鲜血涔涔地冒了出来。

我吓得连忙扑了过去。

家明一手捂住额头，另一只手挡住我，冷冷地说，你就是个泼妇，别靠近我。

血从他的指缝里冒了出来，我又气又急，恋爱八年，结婚三年，一开始他叫我宝贝，然后是直呼其名，现在他干脆叫我“你这个泼妇”。顾不上多想，我哭着去洗手间拿毛巾，等到我出来时，家明已经甩门走了。

我拿起手袋追了上去，边追边给浩子打电话，让他过来劝劝家明。

“你们又怎么了啊？”浩子明显还在睡觉。

“别问了，赶紧来我们家附近的医院吧。”

二十分钟后，我陪着家明在急诊室里检查，医生说只是擦破了些皮，不用缝针，只需要简单地消毒清理就行。

我嘘了一口气，医生用酒精清洗的时候，家明疼得握住了我的手。等到我们走出诊室时，浩子才满头大汗地出现在门口。

看见我们拉在一起的手，他瞪大了眼睛：“你们叫我过来，就是秀恩爱的吗？”

家明指指额头上的纱布：“幸好我拼命地护住了头，我英俊的面容才得以保存啊。”

浩子这才注意到他挂彩了。

那天晚上，我们三个坐在我们家的阳台上，对着城市的万家灯火，一边喝酒一边自我检讨。这是我们仨的固定节目了，每当我和家明大吵一次后，浩子就会站出来主持公道，让我们开展批评和自我批评。

喝了一瓶后，我先自我批评："对不起，家明，是我不好，我暴躁，我脾气大，下次我再也不扔烟灰缸了，要扔就扔枕头，砸不死人！"

家明原谅了我。

喝了三瓶后，家明自我批评："不全是你的错，我也有错，我不该叫你泼妇，我老婆怎么会是泼妇呢，她吃碗刀削面都会留一半给我吃！"

我和家明相拥而泣。

喝到第五瓶时，一晚上没怎么说话的浩子小宇宙忽然爆发，拍着胸膛说："我也要来自我批评一下。你们犯的都是小错，知错能改，善莫大焉。可是我呢，我犯的错误比你们大多了，大到无法改正，大到不能弥补。"我向家明使了个眼色，他忙上去抢浩子的酒瓶："你喝高了。"

"我没有！"浩子仰起脸来，对天长啸，"我他妈的就是个大傻逼！"

月光照在他的脸上，两行泪蜿蜒而下。

那些曾经以为被淡忘了的往事啊，就这样扑面而来，将我们席卷到久违的青春岁月中去。

2

2006年，我们住在堕落街上。

也许每个大学附近都有这样一条街，看起来又脏又乱，但对于那些大学生来说，却脏乱得很美好。谁的青春不是这样，即使一穷二白又脏又乱也仍然很美好。

太多的校园爱情故事在这里上演，太多的风花雪月和烟火尘事并存。

我们就曾是故事中的一员。

我们住在堕落街上。家明、我、浩子，还有琪琪。

堕落街的两旁有一排民居，被精明的房主隔成一个个小格子，每层楼足足有二三十格，小的五六平方米，大的也不过十来平方米，房租从一百五到两百五不等。

我们就住在这样的小格子里，我和家明一格，浩子和琪琪一格。门对着门，中间是狭窄的走廊，小格子上有扇形同虚设的窗户，即使白天也接收不到阳光，进门就得开灯。屋子里小得只能摆下一张床和一张桌子外，就只剩下转身的余地。

我和琪琪都是学生。浩子是我的发小，刚刚毕业，还在找工作。家明一边打着零工，一边准备考研。

那时我们都穷得叮当响。吃饭的时候，去得最多的就是刀削面店。男孩子们要一个四块的大碗，我和琪琪要一个三块的小碗。我现在还记得，琪琪饭量小，总是会剩一点儿面在碗里，浩子就会抢过去风卷残云地吃完，边吃边故作嫌弃地说："也只有我愿意吃你吃剩的东西了。"而家明总是跟我说，等咱有钱了，就叫四碗刀削面，吃两碗，倒两碗。

年轻的时候，我们没有钱，但是我们有相濡以沫的爱人，有肝胆相照的朋友，我们还有一条不用花上什么钱就能过得很滋润的老街。

我们在"乐乐精品店"中淘全长沙最便宜的饰品，在晚风 KTV 的大厅里花上十块钱秀秀各自的歌喉，去红苹果餐厅吃最出名的肥肠火锅，晃荡得累了，就花两块钱到环球影院去看一场最新的大片。

是的，只要花两块钱就能看场电影。说起来浩子和琪琪就是在环球影院相识的，他们的故事在朋友圈中几乎无人不晓。

那一天，大一女生琪琪为了避雨走进影院，恰好在放一部悲伤的爱情影片。她看得正入神时，邻近的黑暗角落里传来吧嗒吧嗒吃爆米花的声音，在安静的影院中特别刺耳。循声望去，原来是一个瘦瘦的男生，头发整得就像爆米花。借着电影的微光，琪琪默默地对他行了几秒钟的注目礼。

那个男生识趣地停止了咀嚼。过了一会儿，一桶爆米花袋突然伸到了琪琪的面前，爆米花独有的香味一个劲儿地往她鼻子里钻，琪琪愣了愣，不客气地抓了一大把。

爆米花吃完了，电影也一步步走向高潮，张曼玉饰演的李翘和黎明饰演的黎小军在命运的拨弄下不断错过，琪琪的眼泪哗啦啦地往下流，又是那个男孩，体贴地递过来一张纸巾。

最后，看着李翘和黎小军在纽约的街头相遇，琪琪一下子泪雨纷飞，习惯性地伸手去接纸巾，角落里一个声音弱弱地说："不好意思纸巾用完了，要不你用我的袖子擦擦？”

他们分手后，琪琪守在小屋里一遍遍地看着《甜蜜蜜》，看得眼泪一直流一直流，可是眼泪流得再多，身边再也没有一个人会说“要不你用我的袖子擦擦”。

年轻的心被爱情的甜蜜涨得满满的，仿佛有无限的精力要发泄，我们四个人几乎所有空闲时间都守在一起，岳麓山上、爱晚亭边、橘子洲头、情人岛畔，处处留下了我们的身影。去得最多的地方，当然还是堕落街。

有一次，我们四个人无事可做，便从堕落街这头湖大的出口，慢慢地走向那头师大的出口，然后再走回来。我们曾一起用脚丈量过，将整条堕落街走完正好981步，当然，用的是“平均步长”。浩子高大，琪琪娇小，他的步子显然大过她的，略微走得快点，琪琪就停下来撒娇说：“你走得太快，我跟不上你的步子啦。”浩子就抱歉地笑笑，赶紧放慢自己的步伐。

那个晚上，我们一直在不断地行走，周围的人来来去去，语笑喧哗，可在我们的眼里，只有彼此。我们从这头走过去，“一二一、齐步走”的981步，我们再从那头走过来，仍然是整整齐齐的981步。不知走了多少遍，当周围的人都慢慢散尽时，我们才发现，曾经熙熙攘攘的街道居然变成了我们四个人的堕落街。

“好傻呵！”当时，宿舍的姐妹无不把我们“步量”堕落街当成一件糗事。

直到多年以后，我才发现，那件看来最傻的事，已成了我年少时最美好的回忆，再无机会重演。

3

有谁还记得2006年的世界杯吗？

那一年的世界杯，我们是在电影院看的。票价是五块，还是十块？原谅我已经记不清了。

我只记得浩子和家明穿着阿根廷的球衣，他们都是阿根廷的死忠粉丝，我和琪琪穿着最漂亮的裙子，一人拎一瓶啤酒，手牵着手去看世界杯。可以容纳数百人的电影院里座无虚席，空气中满是青春的热血气息。

我们为每一次进球呐喊，又为每一次失误尖叫，我们的呐喊尖叫融入了数百人的呐喊尖叫中，整条堕落街，整个长沙城都能听见我们的声音。

我从来都不懂足球，琪琪也是。但我们还是自称是阿根廷的粉丝，其实，我们只不过是我们男人的粉丝而已。

可是阿根廷还是输给了德国。谁能告诉我，那个该死的点球怎么就一直踢不进呢？

“我靠，就差一点点！差一点点就赢了！”

我们走出了电影院，浩子和家明垂头丧气地走在前面，琪琪和我垂头丧气地跟在后面。即使再喜欢阿根廷，也不得不承认，这次就是输了。

后来我才知道，人生其实就是一个不断认输的过程。每次你都想赢，可每次你都会差那么一点点，该死的一点点。

可那时我们还年轻，还不服输，于是，没沮丧多久，我们四个人就手拉着手，斗志昂扬地去唱K。我们三个都没工作，浩子刚失业不久，可还是凑齐了一百块，那时候物价真便宜啊，这一百块除了可以唱个通宵外，还可以买一堆啤酒。

除了浩子外，我们三个都是麦霸。于是他就只有坐在角落，听我们鬼哭狼嚎。

我和家明是粤语歌的脑残粉。我们唱了《千千阙歌》又唱《讲不出再见》，唱完陈慧娴又唱陈百强，还有罗文和甄妮。

当我和家明拿着话筒深情对唱：“论武功 / 俗世中不知边个高 / 或者 / 绝招同途异路 / 但我知 / 论爱心找不到更好 / 在我心 / 世间始终你好……”

浩子就和琪琪在一边做呕吐状。

琪琪最拿手的是王菲的歌，每次唱 K 我都要抢着给她点一首《催眠》。

“第一口蛋糕的滋味 / 第一件玩具带来的安慰 / 太阳下山太阳下山冰淇淋流泪 / 第二口蛋糕的滋味 / 第二件玩具带来的安慰 / 大风吹大风吹爆米花好美……”

唱到中间这句时，我和家明总是凑到话筒旁，一边对着浩子做鬼脸一边大声唱：“大风吹大风吹 / 爆米花好美……”

顶着一头爆米花的浩子总是忍不住站起来，拿爆米花来扔我们，琪琪就在旁边笑弯了腰。

浩子偶尔会唱两首张信哲的歌，虽然他天生五音不全，一开口就跑调，可唱起来还算是深情款款的。

他最爱唱的是《信仰》，唱的时候双眉紧皱，表情很沉痛地对着琪琪唱：

“如果当时吻你／当时抱你／或许结局难讲……我爱你／是忠于自己忠于爱情的信仰／我爱你／是来自灵魂来自命运的力量……”

每当这个时候，我和家明都会从打闹中停下来，静静地听他把歌唱完。

那时候我们太年轻，只有在那个年龄才会一厢情愿地认为，爱是一种信仰，可以穿越时间空间直至永恒，才会相信，爱情是我们在这个世俗世界心灵得以救赎的最后一道支柱，失去了爱情，整个世界都会坍塌。

那个时候的世界是多么好，天地间没半点伤心的事。

4

2006 年的冬天格外寒冷，冷空气来势汹汹地闯入小屋，对于那时候的我们，电暖炉是奢侈。后来琪琪告诉我，无数个寒冷彻骨的夜晚，浩子都执意要将她冰冷的脚抱在怀中，一遍遍地摩挲着。她会掉过头去流泪，有时候是心酸，更多的却是因为感动。

如果说我和家明是欢喜冤家，那么浩子和琪琪就是模范情侣。浩子什么都记在心里，照顾女朋友细致入微，我印象最深的一件事是他去外面做兼职，对方给了他一瓶红牛，他硬是没舍得喝，揣在怀里带回来给琪琪。说是她学习累，喝红牛可以提神。

浩子和琪琪两个人的家境都不太好，琪琪每年能拿奖学金，还做过各种兼职。自从和浩子在一起后，浩子就不让她出去了，说挣钱的事有他呢。可是浩子也挣不到什么钱。如果浩子有个好爹，这一切当然不用愁，可惜他没有。如果他有个名牌大学的镀金文凭，相对来说也好些，可惜他也没有。于是毕业后的那一两年，就成了他人生中最难熬的时期。

为了谋生，浩子什么工作都做过，印象中他总是在失业。有一次他失业长达三个月，只能偶尔打打零工，连刀削面都吃不起，只能待在房间里吃泡面。

琪琪瞒着他去找了一份家教，第一次去上课时，她花了很多心血备了详细的课，家长却在给了她五十元后通知说，孩子不太满意，以后不用再来了。已是晚上十点，琪琪走到公交车站时，末班车正向前驶去。她奋力追赶，车子却毫不留情地扬长而去。她彻底崩溃了，泪水决堤而出。

那天她很晚才回到小屋，浩子在门口笑着迎了上来询问她怎么样，她疲惫地摇了摇头。他讪讪地说："我早说了，你不用出去兼职，有我挣钱就行了。"琪琪却突然爆发："你总说有你就行了，可是你连自己都养不活呢！"话一出口，他愣住了，她也愣住了，连住在对面的我们都愣住了，以前不管发生什么事，他们都从来没有大声争吵过啊。

嫌隙不可避免地产生了。没有钱的日子，一个人过仅仅是落寞而已，两个人在一起，心酸得沉重，连流泪的闲情也没有。他们也不再争吵，都忙着做兼职，夜晚一起算算全天的开支。为了省钱，浩子连出去打工都是走路，十几站的路，只要一块钱，可是连一块钱他也舍不得花。

5

2007 年圣诞节，家明忙于学业，浩子在外加班，我和琪琪就约了一帮女生去逛街。

长沙街头，圣诞节的气氛很浓，橱窗里到处摆放着闪闪发亮的圣诞树。路过一家新开的哈根达斯店时，琪琪停下脚步，望着一对情侣发呆，两个人你一口我一口，好像那份冰淇淋是世界上最好吃的东西。

琪琪对我说："浩子前一阵说，圣诞节请我来吃哈根达斯，不过他今天要加班，肯定忘了。"

我想安慰她。

她却自我开解道："其实也没什么好吃的，不就是个冰淇淋吗。"

我附和她说："就是，还死贵死贵的。"

同宿舍的一个女生突然在前面叫我们："快过来啊，有圣诞老人在派发护肤品试用装呢。"

我和琪琪兴冲冲地跑了过去，戴着小红帽的圣诞老人热情地给我们发小礼物，这是个年轻的小伙子，还戴着副眼镜。

老天，这不是浩子吗？！

我想趁琪琪没注意拉着她走，可是她一动也不动，看着面前的浩子，两个人都成了一座雕像。那天我们不知道是怎么回到家的，琪琪一直沉默不语。我以为她是因为浩子扮圣诞老人感到尴尬，直到她哭着说："我真的好难过。浩子过得这么辛苦了，我还惦记着要去吃哈根达斯。我好虚荣对不对，我恨死自己了。”

浩子也说他恨死自己了，手头一点儿余钱都没有，连想请女朋友去吃个哈根达斯都得靠圣诞节兼职，他说当自己被认出时，恨不得能学土行孙那样遁地。

长期以来的窘境就像一把沙子，磨得他们一身钝钝的痛，当他们还没来得及把沙子抖掉时，生活又给了他们锋利的一刀。

圣诞节后没多久，琪琪意外怀孕了。

那个时候的他们别无选择，琪琪还在读书，最重要的是，他们很穷，穷得根本不足以迎接一个新生命的到来。

他们抱头痛哭后，决定去医院。

我们是在一切结束后才知道这件事的，过程也许并不精确，但已是足够残忍。

从医院出来时，浩子花光了身上所有的钱，当他搀扶着虚弱的琪琪走到街上，才发现连打车回家的钱也没有了。

幸好还有一张随身携带的公交卡。长沙的公交车特别挤，没有座位，他便用手臂围成一个圈，将琪琪圈在里面。公交车摇摇晃晃的，每晃一下，琪琪的脸色就变得更白一点儿，浩子的心也跟着下沉一些。

过了几站，终于有了一个座位，浩子刚想让琪琪坐下，一个中年大妈已经抢先了一步。浩子硬着头皮请求说，阿姨，请你给我女朋友让个座好不好，她刚做完手术。

大妈高声回应说，做完手术打车回去啊，跑到公交车上来跟长辈抢什么座位！

她嘹亮的声音回荡在车厢里，车上的人都笑了。

在这哄笑声中，他们甚至觉得公交车好像永远都不会到站了。

“从那以后，我再也没法坐公交车了，要么打车，要么宁愿步行。”很多年后，浩子在跟我们说这些时，一直盯着窗户外，不让我们看见他的眼睛。

就是从那一刻开始，浩子决定松开握着她的手，因为他再也没办法忍受她在自己身边受苦。在精心照顾了琪琪一个月后，他留下一封信，孤身南下，没有留下任何联系方式。

6

2011 年，我和家明结婚了，离开长沙去广州跟浩子再次相聚。

这个时候的浩子已经不再是那个彷徨潦倒的毕业生。我们见到他时，他已是一家知名家具公司的销售总监，沉稳多了，话也少了，只有在和我们一起追忆往事时，眼睛里才会亮光一闪。

我告诉他，他走之后，琪琪把自己关在他们的小屋里，不吃不喝，只是一遍遍地看着《甜蜜蜜》，出来的时候，整个人已经瘦脱了形。

浩子说，他后来回过一次长沙，在校园里远远地看见琪琪和一个男孩子手牵着手，他没敢靠近，一个人去堕落街转了转，可是那条街已经拆了，再也没有环球影院，再也没有那个一看电影就哭着问他要纸巾的女孩子了。

这些年来，浩子也谈过几次恋爱，每次都谈得不温不火，女孩子嫌他不够投入。他如今可以请女孩子看私人包厢的 3D 电影，也可以随时请她们吃哈根达斯。可是有些东西在他心底已经熄灭了。

“你知道吗？每当我请女朋友去吃哈根达斯时，我就想，为什么不是琪琪呢，琪琪是个多好的姑娘啊，可是她跟我在一起的时候，连个破哈根达斯都没吃过。”

他始终觉得，琪琪跟着他从来没有享过福。

“你怎么能说她没享过福呢？”我辩解说，“我觉得，琪琪跟你在一起的时候非常快乐。”

“你确定吗？”

“我当然确定。”

我确定，不仅仅是琪琪，我们所有人那个时候都很开心，如果可以选择的话，我宁愿停留在那段时光里，我们没有钱，可是我们心心相印。

7

2013 年，我和家明的宝宝已经一岁了。

浩子还是孑然一身。

那年春天，琪琪也结婚了。家明代表我们去了她的婚礼。

浩子在我家喝酒。我在卧室照看宝宝，只听见他在客厅里唱歌，还是那首张信哲的《信仰》：

“如果当时吻你／当时抱你／或许结局难讲／我那么多遗憾／那么多期盼／你知道吗……”

良久，歌声渐渐弱下去，我抱着宝宝出去，看见浩子倒在沙发上，喃喃地说：“只差一点点，那么一点点……”

只差一点点，阿根廷就赢了德国队。

只差一点点，浩子就能和琪琪相守终身。

只差一点点，我们就能过上理想的生活。

该死的，我们为之深深遗憾却又永远无能为力的，一点点。

3 一个女人是否会因为才华被爱上

写下这个题目，可能会被很多男人喷：作者你在说什么？我们男人没有那么肤浅好不好？我们早就脱离了低级趣味好不好？女人们估计也有不服气的，肯定有人能跳出来现身说法：我之所以被爱，就是因为灵魂的美丽！

冒着挨板砖的风险，我还是想说说对这个话题的看法。

是的，你可以举出很多例子。比如说安妮宝贝据说也嫁得不赖，比如说爱丽丝·门罗的第二任丈夫就是她的粉丝。但是，你确定这些人看上的就是她们的才华？还是因为才华带来的某些东西，比如说显赫的名声、不菲的收入以及其他光环？才华这东西，在没有显山露水之前，通常是得不到重视的，而在显山露水之后，往往又和其他附属品绑在一起，很难独立区分开来。

好吧，我承认我是偏激了，可是有限的阅读经验大多在印证着我的偏激。

比如说张爱玲，称得上才华盖世了吧，可是这份才华似乎并未为她赢得生命中男人们更多的青睐。胡兰成算是识货的了，一开始对她留意，是因为在一本杂志上读到了她的《封锁》。一读倾心，暗暗赌咒说，不管写这小说的是男是女，总之上天入地一定要揪出来，该发生的关系一定要发生。

后来的事情大家都知道了，虽然一见之下，胡兰成发现张爱玲并不如想象中那么美貌，但反正闲着也是闲着，于是该发生的关系果然都发生了。胡兰成描述初见张爱玲时最知名的话是“惊亦不是那个惊法，艳亦不是那个艳法”，这个惊艳，指的是文字，并非相貌。

写到这里，我似乎是自己在打自己脸，这不完全是在找反证吗？其实不然，胡兰成爱慕张爱玲始自她的才华，后来掺杂的东西多了去了，要知道张爱玲的祖父是李鸿章的女婿张佩纶，到了她这一辈，虽说是没落了，但贵族的底子还是在的。而胡兰成呢？出身只不过是浙江乡下的一个普通家庭，可以猜想，他初见张爱玲这样的名门闺秀，被震住的可能性有多大。

胡兰成对张爱玲的出身是津津乐道的，有兴趣的读者去翻翻《今生今世》就知道。举个例子，后来他逃亡到温州，改了个名字叫张嘉仪，称是张爱玲祖父张佩纶的后人，我总觉得有点想攀附名门的感觉。

即使是胡兰成这样识货的人，女人的才华对于他来说也并不是最关键的。

在他心目中，发妻玉凤情深意重，那才是他念念不忘的“真正妻子”；护士小周貌美伶俐，更是他心尖尖上第一等人。不错，张爱玲的才华曾经使他惊艳过，可是那又如何，得到了之后，倒不如年轻小姑娘来得好调教。

胡兰成之后，张爱玲曾经和导演桑弧有过一段情，就是《小团圆》中写到的燕山。自始至终，书中没见燕山称赞过半句九莉的文学才华，倒是几次隐隐写到了他对九莉色衰的嫌弃，比如两人看电影回来，九莉脸上的粉遮不住油光，燕山脸色马上变了。

现实生活中，桑弧曾经撰文评论过张爱玲的《十八春》，说她后期风格越来越淡，可见对张爱玲的文字还算是知音。据说两人之所以不能结合，很大部分原因来自于桑弧大哥的阻拦，该大哥的理由是“作家不是个正经职业，不稳定”。

这简直是醒世恒言，足以让千千万万抱着文学梦的姑娘幡然醒悟——女作家原来是个这么让人嫌弃的职业啊。想想也是，那时候又没作协，作家是没有固定收入的，又容易情感泛滥，出于家庭长治久安的目的，还是远离女作家的好。

最近老是念叨张爱玲，估计大家都烦了，其实我真正想说的是萧红。民国女作家中唯一可以和张爱玲抗衡的，我认为只有萧红。说什么南张北梅，实际上不如说南张北萧。萧红的不足之处在于产量太少，但是并不能因此降低她在文学史上的地位，初唐时的张若虚仅凭一首《春江花月夜》就能做到“孤篇横绝全唐”，萧红也做到了这一点，一部《呼兰河传》足以让她不朽。

关于萧红，要说的太多太多，一直不敢碰不敢说，这里单单围绕着上述主题来进行讨论。

萧红的婚恋史简直就是“一个女人不可能因为有才华被爱上”的血证啊。写到这里，我斟酌了一下，如果把“爱上”两个字替换成“珍视”或者“善待”似乎更恰当。

萧红先后嫁过两个男人。第一个是众所皆知的萧军，说起来，萧军还算是她文学上的引路人了。两人刚开始同居时，萧军见萧红爱好文学，于是就鼓励她参加报纸的征文活动。在他的鼓励下，萧红以“悄吟”的笔名在《东三省商报》“原野”副刊上发表了她试写的新体诗——《春曲》：

那边清溪唱着，
这边树叶绿了，
姑娘啊！
春天到了。

事情的开端是多么美好啊！我猜想，萧军的初衷有点类似于旧时书生那种鼓励姨太太读书的心态。从古至今，中国文人都有调教枕边人的爱好，美其名曰“红袖添香夜读书”。可是一旦红袖们展露出技高一筹的才华时，对于书生来说就不是添香而是添堵了。

果然，后来萧红在鲁迅的引荐下崭露头角，在文坛上风头一时盖过了萧军。两人之间的平衡一旦打破，就再难复原。对于萧红的成就，萧军是很不服气的，这个不服气除了失衡的落差外，还在于他没有认识到萧红文学上真正的价值。

“二萧”在文艺观点上存在着严重分歧。萧军主张斗争的文学，力的文学，他看中的是萧红的《生死场》，对《呼兰河传》压根儿不屑一提。到了晚年，萧军仍把萧红的作品比作“月亮”，说她只能“给人一种光亮，清澈的感觉，但是缺乏一种热力”，并说“萧红的作品最终的结果是给人一种消极的阴暗的感觉，对人生是失败主义”，“她是消极的浪漫主义、唯美主义、个人主义结合的混合体”。

退一万步说，即使他充分认识到了萧红的才华，也不代表他会珍视。萧军后来又娶了个妻子，后妻曾经出书说，萧军喜欢她的三个理由之一就是她嫁他时是个处女。我看到这个时头一下子就懵了，萧红当时是大着肚子嫁给萧军的，可想而知，她在重视处女的萧军心目中是个什么地位。

萧军是个有英雄情结的男人，他对萧红的感情很大程度上建立在拯救者的身份优越感上。那时他去小旅馆搭救贫病交加的萧红时，万万没有想到，这个弱小的女子日后会成为冉冉升起的一颗文学明星，她的光辉甚至盖过了他，这是他断断不能忍受的。

同样没有认识到萧红价值的还有她的第二任丈夫端木蕻良。和萧军的大男子主义相比，端木性格比较温和，他和萧红之间形成了男弱女强的相处模式。平时萧红在各方面对他诸多照顾。一次，萧红与端木蕻良去看望曹靖华，曹靖华注意到端木蕻良的原稿上却是萧红的字迹，便问萧红：“为什么像是你的字呢？”

萧红回答说：“我抄的……”

曹靖华急了：“你不能给他抄稿子！他怎么能让你给他抄稿子呢？不能再这样。”

看到这里，我也忍不住和曹靖华一样急了。萧红啊萧红，拥有可以写出《呼兰河传》的一支笔，却用这支笔在替远远不如她的丈夫抄稿子。看起来，她的丈夫端木认为是理所当然的，他并不怎么看得起她的文字。鲁迅去世后，萧红写了篇怀念的文章，他当着朋友的面不屑地评价：“这也值得写？写这些干什么？”

人生就是这样荒诞，端木万万想不到，他瞧不上眼的文章直到今天仍有人在读，至于这位端木大作家留下了什么大手笔，那就不是我等普通读者可以留意到的了。

真正认识到萧红价值的男人有两个，一个是鲁迅，一个是骆宾基。后者曾经陪伴她在病床上度过了最后的岁月。看电影《萧红》时，我总是忘不了那个镜头。

骆宾基对着病床上的萧红说："我看几页《呼兰河传》，就想看一眼你，没想到写这书的人居然躺在我身边的床上。"这样动人的情话，也只有萧红这样的天才女作家可以担当得起。可惜的是，她等待了一辈子，终于等到了真正懂得她珍贵之处的男人，却不得不含泪和碧海蓝天永诀了。

老实说，萧红一生的遭遇让我对"女人靠才华能被男人爱上"这一点很绝望。从古至今，有多少才华横溢的女子受尽了生活和男人给予的白眼，像宋时的朱淑真、清代的贺双卿，所嫁俱是庸人，就像红楼中的林妹妹不幸嫁了焦大。

比较起来，李清照算是有福气的了吧，好歹和夫婿赵明诚称得上才子佳人。可是据沈祖棻考证，他们后期的婚姻生活并不幸福。

李清照一直没生孩子，赵明诚便另筑金屋娶了小妾，这样说来，李清照词中的"武陵人远、烟锁秦楼"就大有深意了。直到赵明诚死后，李清照还埋怨他死前遗言太过冷漠，"殊无分香卖履之意"。李清照这样一个争强好胜的人，如何咽得下这口气，我暗自怀疑，她后来的改嫁是不是和赵的另结新欢有关。

当然，你也可以举出许多反证。都是民国女作家，冰心、林徽因不是就嫁得挺好吗？但是我个人认为，这和她们是不是有才华没有半毛钱关系，就凭她二人的门第出身，纵使不读书也能觅个门当户对的好郎君。试想想，萧红要是有冰心那样的海军将领父亲，萧军敢抡起拳头把她揍得鼻青脸肿吗？

也有令女作家欢欣鼓舞的例子，最典型的要数法国的杜拉斯。在她六十六岁高龄的时候，二十九岁的青年男子扬带着对她的仰慕走近了她，成为了她的情人，而二者的年龄足足相差 37 年。那时杜拉斯已不像年轻时那样俏丽，酒精和岁月早已摧毁了她的容颜。很多人读杜拉斯的《情人》，觉得她所描述的“和你年轻时的容颜相比，我更爱你现在备受摧残的面容”是个理想境界，扬的出现却让这个理想化成了现实。

比较起来，我只能说，国情不同。对于绝大多数中国男人来说（包括有才没才的），女人有点儿才华固然是锦上添花的事，一旦多得横溢起来了，反而成了障碍。

4 嗨，哥们儿

老莫出嫁了。

她差不多是我们班最后一个出嫁的女同学。

在微信朋友圈看见她上传的婚纱照，照片里她留着波浪长卷，化着精致的新娘妆，偎在新郎怀里，笑容竟然有了几分妩媚。

同学们纷纷在照片下面留言，一堆留言中，我注意到大飞给她的留言是：嗨，哥们儿，好久不见，你越来越像个女人了。

老莫用醒目的红色字体回应说：我本来就是个女人。

她本来就是个女人，只是大飞忽视了，我们大家都忽视了。

老莫是我读师范时的同学。她原本有个很女人味的名字，可是男生女生都叫她老莫。其实想起来，她那时只是个十五六岁的女孩子，可大家觉得她理所当然应该被叫作老莫，只有这个名字才和她相宜。

那时我们宿舍管理很严，男生是绝不允许进入女生宿舍的。开学第一天，宿舍阿姨看见一个小男仔提着大包小包往宿舍里冲，于是毫不客气地上前拦住了她：“这位同学，请你往那边走，这是女生宿舍。”

一头短发精瘦精瘦的小男仔说：“可我是女生啊。”

宿舍阿姨还是不肯放行，因为她听到的声音都是粗粗的，没有半点女孩子应有的娇柔清脆。

小男仔有点委屈了：“我真是女生啊。”

后面一起来报到的同学替她做证，她才终于进了女生宿舍的门。

这个“小男仔”就是老莫。

刚进学校时，老莫的身高不到一米五，看上去完全就是小男孩的模样，而且是还没有发育的小男孩。上体育课的时候，女生们时不时请假，她弄不明白为什么我们每个月总有那么一两节体育课要请假，因为她完全没有请假的需要。

她的性格也像小男孩一样，大大咧咧爽朗利落，说起话来铜豌豆一样掷地有声，为人特别热心，乐意帮女生打开水，帮男生带早餐。

老莫在班上人缘很好，男生缘尤其好。她完全没有性别意识，男生们拿她当哥们儿，她也不拿自己当女生。

师范是那种男女生比例特别不平衡的学校，一个班里四五十个女生，才十来个男生。男生们因此都傲娇得不行，偶尔有个出挑的更是众星捧月，享受的是全班女生的宠爱。

当时班里有个叫大飞的男生，属于那种阳光男孩，长相阳光，性格也很阳光，歌唱得好球打得好，偶尔还能在校报上发表一两篇文章。女生们大多对他有好感，跟他说句话都会脸红心跳。

老莫完全没有这种顾忌。她和大飞也是很好很好的哥们儿，纯哥们儿，铁哥们儿。两个人都是文体积极分子，常常在排球场上厮杀得难分难解。老莫个儿小，力气可不小，各项运动都很棒，尤其是排球。

学校开运动会的时候，老莫一口气报了四五个参赛项目，长跑短跑跳高跳远都有。她跑八百米的时候，班上男生集体去助阵，大飞最卖力，一边陪她跑一边为她加油。跑到最后一圈时，原本排在第四的老莫小宇宙突然爆发，一口气冲到了第一。到了终点，全班男生把她抬起来扔到半空中，又接住，女生们在旁边尖叫鼓掌。

要是换了其他女生享受这种待遇，大家难免会羡慕嫉妒恨，可是没有人会妒忌老莫。

女生们似乎都爱搞小团体，当时班上风头最盛的女生团体是 306 宿舍的四朵金花。其实说成三朵金花和一片绿叶更加合适，老莫就是那片绿叶。长得像小男孩的她和其他三个漂亮开朗的女孩子不知怎么就成了死党。

这对于班上男生来说是个重大的利好。因为他们等于在三朵金花中埋下了一个内线，有了老莫，他们可以打听到她三个好朋友的嗜好、习惯和各类不可以为外人道的隐私，还可以托她向三个好朋友递纸条，传口讯，偶尔拌个嘴闹个冷战中间也有人调停。

老莫就在男生们和三个好朋友间奔波斡旋，看起来似乎很享受这份工作。

作为大飞的铁哥们儿，她常常口无遮拦地问他，你看中了哪朵花啊？要不要我帮你去采？或者调侃他说，你怎么这么不开窍啊，大好时光就不趁机搞搞早恋之类的吗？

师范二年级（相当于高中二年级）时，大飞总算开窍了，托老莫向婷婷递情书，婷婷是三朵金花中最漂亮最活泼的那位。

老莫在交给婷婷之前，偷偷打开了那封折成心形的信，信上的字句滚烫得让她生平头一次脸红心跳。信中，大飞亲昵地称意中人为“婷”，老莫想，哪一天，会不会有人给她写情书，亲昵地称她为“娟”呢？她的名字中有一个娟字。

婷婷看了那封信后，当天又托老莫带了封回信给大飞。

老莫按捺不住好奇心，再次偷看了。信写得很简单，只有一句话：“大飞同学，我们还太年轻，我更乐意做你的妹妹。”

老莫重新把信折好，轻轻吁出一口气，然后交给了大飞。

那天晚上，老莫陪着情绪低落的大飞在教室里坐了一晚，听了一整夜的《很受伤》，那年正是任贤齐大红的时候。

老莫是在三年级时才开始发育的。

她的身高迅速从不足一米五蹿到了一米六多，仍然留着利落的短发，长手长脚地站在那里，光看背影有点像个玉树临风的少年。

每年的毕业汇演学校都很重视，我们班准备的节目是个舞蹈，曲目用的是任贤齐的《哭个痛快》。

本来定的是六个男生上台表演，大飞是领舞。排练的时候，在一旁观摩的老莫跟着做了几个动作，潇洒漂亮之极，引得男生们集体叫好，非让她参与表演不可。

他们不知道的是，老莫为了做好那几个动作，大周末的也在宿舍里一遍遍地练，小小随身听搁在窗台上，任贤齐在里头哀怨地唱："爱与不爱／是最痛苦的存在／表面不爱／可心里仍期待／Hello 我想你／想到你就无奈／就算是分离也不要再伤害……"

现在想来，小小年纪，懂得什么是无奈，什么是痛苦呢？当然，跳这个舞的时候，脸上还是要做出副沉痛的表情来。

登台表演那天，老莫一身黑色的皮衣皮裤，短发做了个定型，长身玉立地站在一群男生中，每个动作都那样利落，每次转身都那样潇洒，明星一样光彩照人，我们班的同学站在台下，巴掌都拍红了。

舞蹈没有拿到奖，能拿奖的基本都是阳光健康积极向上的节目。大家依然很开心，还去花店订了花送给表演者。

男生们簇拥着老莫去拍照留念，大飞拿着我们买的那束玫瑰花，装作深情地递给老莫。老莫伸手去接的那一瞬间，拿着傻瓜相机的同学恰好按下了快门。

照片冲洗出来的时候，我们发现，抱着玫瑰花的老莫笑得特别灿烂，脸还有点红。

毕业后，我们各奔东西。

大多数同学都回了老家教书，老莫也是。大飞不甘心做孩子王，跑去长沙学电脑编程了。

他们还保持着不咸不淡的联系，多数是老莫给大飞写信，大飞懒得写，偶尔想起来了会给她打个电话，追忆往事，展望将来，一说就是一两个小时。

老莫那些年渐渐有了些变化，她试图将头发留长，也试着学穿高跟鞋，裙子买了好几条，放在衣柜里，没敢穿。她跟我说，等头发留长了，就找个时间去长沙玩玩，大飞在电话里说了，只要她去长沙，他就陪她去火宫殿吃臭豆腐，去岳麓山摘枫叶，去湘江边放风筝。

老莫从小在农村长大，还从来没去过长沙呢。

就在她的头发留到快披肩时，接到了大飞的一个电话。电话里，大飞兴冲冲地告诉她，他要结婚了。

新娘也是我们同学，当年的四大金花之一，婷婷最好的闺密。

这些年来，大飞先后追求过老莫身边的两个好朋友，一个失败了，一个成功了，他的目光从来没在老莫身上停留过。

知道这个消息后，老莫拉着我去 K 歌。我们俩要了一间包房，老莫拿着话筒，一首首唱莫文蔚，她唱《盛夏的果实》等于原声再现。除了声音外，她的外形也有几分莫文蔚的神韵，都是长手长脚，长相挺有特色，不过，她没莫文蔚漂亮。

唱完歌，老莫放下话筒，对我说，其实，有件事我想告诉你。

我说，我知道。

老莫老莫，我们大家都知道，你喜欢大飞，你陪着失意的他在教室里听歌，你为了他在宿舍里一遍遍练舞，我们都看在眼里，只是不忍心说穿，你那么小心翼翼地维护着你的秘密和尊严，我们也是。

大飞结婚那天，我们全班同学基本都去了，因为他们几乎是我们班上情侣中硕果仅存的了。

去之前，老莫犹豫了很久，终于决定穿上那条衣柜里存放很久的雪纺裙子。裙子很修身，老莫穿上后显得身材格外高挑。那天，她还淡淡地化了点妆，披肩发拉得直直的，垂在肩膀上。

这是她生平第一次留长发，穿裙子，不知道大飞他们见了，是会取笑她，还是夸她漂亮呢？老莫既担心又憧憬。

她担心和憧憬的一幕都没有出现。那天，她迟到了一会儿，正在迎宾的大飞见到她，大步流星地走过来，用力拍了拍她的肩膀说："嗨，哥们儿，你怎么才来啊，赶紧找个地方坐吧。"

从婚礼上回去后，老莫把高跟鞋和裙子都收了起来，换上了平常最爱穿的牛仔裤和运动鞋。在她后来的男朋友眼里，她穿仔裤板鞋同样很有女人味。

这么多年的暗恋无疾而终，我曾经问过她会不会后悔。

老莫摇摇头说怎么会，要不是大飞，她可能还一直是个混沌未开的假小子。当你暗恋一个人的时候，总是试图一点点接近他，结果也许永远都无法靠拢，可是在此过程中，你会发现，你的努力也让自己一天天地变得更美好。

所有曾经是假小子的女生，你们有没有试图靠近过一个人，以哥们儿的名义？

5 最好的爱慕是永不开口

和相识不久的朋友聊天，忽然聊到倒追的话题，我问她，你有没有主动追求过谁啊？她毫不犹豫地回答，不不不，我只擅长暗恋。

想想我真是问得唐突了，不用问都应该猜得到，她写的故事中，几乎满纸都是隐忍不发的感情，这样的人，自然不可能爽爽快快地跑到隔壁班男生面前，大大方方地说我喜欢你了。

生性羞怯的人可能擅长的都只是暗恋吧。情窦初开时，自然是抹不下脸去倒追，等到年纪大了，自尊心随着年龄一起增长，和住在沙漠里的欧阳锋一样，奉行的人生指南是“如果你不想被别人拒绝，那么就先拒绝别人”，如此害怕受伤，也只配玩玩暗恋了。

回顾我的青春岁月，简直就是一部暗恋史。少女时代情感特别充沛，一个明朗的微笑、一句不经意的问候都能让我产生怦然心动的感觉，想起来，就像黄耀明的一首歌里唱的，我这么容易爱人。也许是年少时太过挥霍感情，事到如今，我已经成为了一个心如止水的已婚妇女。

我现在还记得第一个暗恋的人。他是我的老师，很俗套是吧？其实大多数情感故事都是这么俗不可耐。我记得他有一双目光灼灼的眼睛，好像能看到你的心里去，笑起来嘴角往一边歪，脸上的肌肉却纹丝不动。我记得他上课从不带教材，走到讲台上可以随口说出请同学们翻到某一页，我们翻开后果然就是上次说完的那一页之后。他还有个特殊的本领，可以倒着读一本书。现在想起来，都是些小伎俩，当时却觉得拥有这些的他浑身都闪闪发光。

我遇上他的时候，他已为人夫。妻子生完小孩不久，长得丰满美艳，号称某中学一枝花。他是学校里出了名的老婆奴，从不让妻子做任何家务。所以你可以想象，我对他的爱是多么无望。说爱可能太夸张了，那时的我只是朦朦胧胧有了一点儿爱的意识，刚刚学会怀春，总觉得自己就像一块沉默的石头，内心蓄满了滚烫的爱恋，一旦开口就会粉身碎骨。

就是从那个时候我开始写小说的。在一本破旧的备课本上（我爸的），反反复复、言不着意地写着一个个相似的爱情故事，然后觉得这还不足以排遣我的满腔春情，转而写武侠小说。因为对《笑傲江湖》的结局不满意，于是写了一个续集。续集中东方不败复活了，和我最喜欢的仪琳在一起了。小说写了好几万字，被全班同学疯狂传阅，最后的结果是有一天某个同学上课看得太入迷，被他没收了。

真是一个悲伤的结尾。

更悲伤的是，他越来越不能忍受我在课堂上的频频发呆和不断挑衅。有一天终于让我在他的课上自动消失。我站起来什么都没说，默默地消失了。

我不记得故事最后是如何收场的，那本残破的小说他再也没有还给我，只是隐约听说他评价写得不错。很多年以后，我和一个初中同学聊起往事，她突然问我，你当年是不是喜欢某老师啊？我吃了一惊，反问她怎么知道。该同学回应我以豪迈的笑声，哈哈，你表现得那么明显，全班同学都知道啊。

过了这么多年，我以为我已经不那么害羞了，可是我的脸一下子就红了。事实上，我每次暗恋都大张旗鼓，近乎明目张胆，我恨不得跟身边每个人谈论暗恋的那个人，哪怕是听着他的名字被人提起，都会感到一阵甜蜜的心悸。可是由于天性腼腆，我又不可能去向对方表白，甚至羞怯得连句话都不敢和对方说，就只能继续这么声势浩大地暗恋下去。在这一点上我有点像《笑傲江湖》中的任盈盈，整个江湖的人都知道她疯狂地爱着令狐冲，可这位大小姐就是脸皮薄，不仅自己一个字都不敢在令狐冲面前提起，还不让周围的人说。

现在想起来，这不就是掩耳盗铃吗？也许所有的暗恋都是掩耳盗铃，你以为保存得很好的秘密，其实早成了周围人尽皆知的笑话。

其实我长大后还碰到过他，在一次平常的饭局上，我就坐在他的身边，他不爱吃海鲜，就把分给他的海参花胶不由分说地都拨到了我的盘子里，他就那么笃定我会吃吗？在那一刻，我终于明白，也许他和我的全班同学一样，什么都知道。

再后来我喜欢上的是一个超级美少年。其实如果可以随便挑选的话，我向毛主席保证我至死都会喜欢超级美少年。

这个美少年是在校门口遇见的，当时我向学校走去，他正从校门出来，举头相遇的刹那，风吹起了他郭富城式的小分头，他的脸在朝阳的照耀下闪着金光，我第一次发现现实中的人原来也可以好看成这样。他有点像林俊贤，可能现在很少有人知道这个名字了。

即便是以现在的眼光来看，我觉得当年的他仍然称得上相当俊美，是我喜欢的那种带有一点点脂粉气的俊美。当然，觉得他长得美的人远远不止我一个。当时他甫一入校，整个学校的女生几乎都为之疯狂了。我根本就不用花费什么心思就知道了他叫什么，在哪个班读书，因为每到课间，他所在的教室外面就会站立着成群结队的女生，假装着不经意经过，只为了偷偷地看他一眼。好吧，我承认，那群花痴女生中就有我，我真不想承认这一点。

其实他除了长得好，差不多就没什么特点了。成绩差得一塌糊涂，不太爱说话，就是体育成绩很好，尤其是长跑。学校开运动会时，他披着一身阳光从跑道上奔来，身后是一群死忠女粉丝，拼命喊着他的名字为他加油——我不记得里面有没有我了。

直到毕业，我都从来没有和他说过一句话，只是为他默默地写了很多诗。过了不到两年，我们都到了同一个城市读书。有一次，一个朋友居然带他到我们学校来玩了，年轻的朋友一相会，最喜欢做的事就是谈谈理想谈谈人生了，当我们聊到人生所追求的是什么时，他很认真地说："真、善、美。"

我抬起头看着他的脸，这张依然俊美的脸，忽然控制不住地大笑了起来。从那以后，我再见到他时，就可以很自如地和他说话了，当然，我再也没有为他写过诗。

也不是所有的暗恋都通向幻灭。

我暗恋过最久的一个男生是我的青梅竹马。我认识他的时候还只有三四岁吧，他常常带着我和另外一个小男孩去他们家的园子偷橘子，又常常被他爸爸逮到，他爸爸总是在我们的袋子里装满橘子，然后捉住他一顿猛揍。这样的戏码频频上演，以至于我很多年以后想起来还忍不住发笑。

大概是在十二三岁的时候，我们重逢了，在一个学校做了三年同学，什么也没有发生。我们曾经在一个尖子班读书，被分到一个小组打扫卫生，我和小组中另一个绰号叫猴子的男生通常是挥舞着扫把在教室里打闹追逐，他就一个人扫垃圾拖地板擦桌子，边干活边好脾气地看着我们笑，偶尔抱怨两句，谁也没理会。那时小镇电视台正在放《射雕英雄传》，不知道为什么，我渐渐觉得他很像那个忠厚的靖哥哥。有一次在抽屉里翻出了旧照片，看见小小的他和我坐在一张板凳上合影，就觉得他更像靖哥哥了。

三年后，我们去了不同的学校，开始通信，不记得谁主动的了，反正信通得十分频繁，基本保持着一周一封的节奏。在信里我们追忆往事，讨论学业，憧憬未来，我说很想看看故乡的桃花，他下次来信时信封里就装了很多桃花的花瓣。不过也仅仅如此而已，关于爱情我们只字不提。

然后，然后就没有然后了。也许是我正式谈恋爱去了，也许是他忙着高考去了，总之我们渐渐不再联系。

很多很多年以后，我躺在拥挤的十人宿舍里，忽然想起他来，终于忍不住给他发了个短信问，你喜欢过我吗？

他过了很久才回短信，他说，我已经有女朋友了，她是个很好很好的人。

那个女朋友其实就是我的初中同学。某年某月的某一天，她偷看了他的聊天记录后，哭闹着勒令他把我加入黑名单。他告诉我他哄了她好久，但是他始终没有把我加入黑名单。我们现在偶尔还在QQ上聊聊天气，互相问候，每年我生日时，都会收到他给我的祝福短信，直到我换了手机号码。

有时候想，如果时光倒流到很多年以前，我们正当年少时，如果我有勇气说出“你喜欢我吗”，他会不会说“Yes”呢？世界上的人那么多，他是唯一一个我觉得像靖哥哥的男人，可惜我不是他的蓉儿。

不是只爱慕过男生。在最好的年华里，对美好的同性往往更加容易生起倾慕之心。读师范的时候，我住的是一个混合宿舍，宿舍里面的美人儿特别多，其中有个叫郭静的，长得像周迅一样精灵可爱。

我私心爱慕的人却是一个叫琳姐的姑娘，她比我高两届，睡在我的上铺。她并不是特别漂亮，只是气质动人，笑起来像有一种淡淡的忧伤。那时我们要早起打开水，晚了开水就没了。读书时谁不想赖赖床呢，我是个懒到骨子里的人，居然能够抵挡住温暖被窝的诱惑，一大早爬起来去打开水，拎着两个开水瓶，一个我的，一个琳姐的，在冬天的寒风里一步步奔向开水房，就像奔向一个温暖光明的所在。

那时候我就在想，如果能够一直这样下去，每天替琳姐打打开水，看看她忧伤的笑脸该有多好。可是分离的日子很快就要到了，校园广播里每天放着王菲的《天空》，我就在这幽怨的歌声中提着两个开水瓶，走在夏日清晨的楼道里，《天空》成了我的离歌，因此我始终无法爱上王菲。

离别的日子越来越近，琳姐去照了毕业照，琳姐让我给她写留言了，琳姐送了我一张照片做纪念。很快就看不到琳姐了，无论如何，开水还是要打的。就在她离校的前几天，她的开水瓶爆炸了，我看着那个大红色的开水瓶在我的面前炸成碎片，连眼泪也忘了流。

到了宿舍里，琳姐问我，我的开水瓶呢？

我说，炸了，你拿我的用吧。

琳姐有点生气地埋怨我说，你怎么那么不小心啊。

她真是个美人啊，连生气的样子都那么动人。这时宿舍里另外一个姐姐挺身而出，指责琳姐说，你怎么能这么对她呢，摔了个开水瓶怎么了？人家都替你打了一整年的开水！

泪水一下子涌了出来，我又羞又恼，想制止这位姐姐，声音却哽住了。不不不，什么都不要说，请你什么都不要说。

大家都以为我委屈得哭了，只有我自己知道，我只是不愿意有人说破我的心事。

6 从良是条难走的路

史上最成功的从良案例，当属唐朝的红拂夜奔。

红拂女当时是司空杨素府上的家妓，日日锦衣玉食，却很有危机意识，看出这位老司空没几年气候了，于是就相中了威武雄壮的李靖。这段故事后来被演绎成了慧眼识人的佳话，但是我猜想，红拂当年就是春心动了，没别的，估计她也没想到日后李靖会有那么大的出息。要说她有什么本事的话，倒算是有胆有识。

红拂的故事激励了千千万万的后来者，她们大多沦落风尘，整日迎来送往，日子过得比司空府中的红拂更难熬，于是寻找一个如意郎君成了大多数人的首选。可惜的是，很少有人像红拂那么幸运，事实上，红拂夜奔的风险是很大的，极可能面临以下几种结局：

被李靖严词拒绝；

李靖倒是笑纳了，可家里有个善妒的大老婆；

李靖一开始惊为天人，后来就不当回事了；

李靖在骗财骗色之后，悄然遁了。

不信的话，尽可以去看看古今名妓们的从良史。最近我在看余怀的《板桥杂记》，说的是秦淮八艳那一拨儿名妓的事儿。真是不看不要紧，一看透心凉。我原本以为，当年那些秦淮河上的花魁们粉丝没有一万也有八千，那不想嫁谁就嫁谁，结果发现，成功从良实在是太难了，她们中的大多数没有成为红拂女，运气好点的能做人家的妾，运气不好的只能在一个个男人身边流离，最惨的是，沦为下堂妾之后又出来重操旧业。

事实上，我上面揣测的几种结局基本上都可以在这些秦淮名妓们的从良故事中一一找到相对应的例子。

董小宛和冒辟疆一直被当作才子佳人的典范。小宛死后，冒辟疆写了《影梅庵忆语》来怀念她，在他的笔下，两人一起品香、制茗、吟诗、赏菊，过的是神仙眷侣般的生活。我记得董小宛说她非常爱月亮，最喜欢的咏月诗就是李贺的“月漉漉，波烟玉”，从这偏好中看出走的果然是晚唐那种纤弱伤感路线，不像我这种没心没肺的人，喜欢的永远是“十五的月儿圆又亮”。

谁能够想到，这样的生活是董小宛拼了命倒追换来的呢。都说女追男隔层纱，可偏偏董小宛碰到的是块特别难啃的骨头。她初遇冒辟疆时，还只有十五岁，在冒的眼中，这姑娘长得神韵天然，只是神情有点傲慢，懒懒的不想搭理他。过了几年，董小宛母亲去世，自己也身患重病，适逢冒辟疆前来探望，于是就将冒当成了救命稻草，不仅说出了“一见君就神怡气旺”这样大胆的情话，而且主动上演十八相送，誓死都要嫁给冒辟疆。

这可不是一路繁花相送，而是充满了心酸和惊险的路途，且不说沿途风波恶，光是冒公子骤然变冷的态度就够让小宛伤神的了。他找出了很多理由来拒绝小宛，潜台词没法说出口——那就是小宛欠了一身的债。

小宛拖着病体回到了苏州，没多久又主动去追寻上京赶考的冒辟疆，这次更惊险了，路遇贼人，几天没吃饭，差点没饿死。冒公子因为只中副榜心情很不好，又一次严词拒绝了她。这一次旁观者都看不下去了，钱谦益忍不住见义勇为，出钱出力为小宛还债赎身，总算让她成功嫁进了冒家。

结局虽算得上团圆，过程却太过坎坷，更何况小宛死得那么早，才二十八岁就不幸香消玉殒了。我总感觉她是累死的，冒辟疆赞赏她说“姬最温谨”，小宛就是死在了过分温顺谨慎的性格上。

且看她嫁进冒家过的是什么日子，大家在吃饭时，她通常是侍立在旁的那个人，每顿就吃几根青菜两粒豆豉；冒家大娘子当了甩手掌柜，她却要操心柴米油盐的账面；冒辟疆逃难时生病了，她身披一卷破席，无微不至地照顾他，累得骨瘦如柴。即便如此，冒辟疆在全家出逃时，头一个想放弃的就是她，真叫人空叹一声“枉自温柔和顺”。

如果说董小宛的事例让人叹惜“薄命怜卿甘做妾”，柳如是一开始则是欲为妾而不能。很奇怪《板桥杂记》中没有记载柳如是的事迹，其实她堪称秦淮八艳中最放诞的人物，相貌可能不是一等一的，但很有林下之风，喜欢女扮男装，口齿也相当伶俐。

在嫁给钱谦益之前，柳如是曾经和当时的名士李待问、陈子龙等人有过一段恋情，其实，她和陈子龙的恋情堪称从良未遂的失败案例。从年纪上来看，陈子龙和柳如是更加匹配，但他远远没有钱谦益那样视她如珠如宝。陈子龙当年将柳如是纳为外室，两个人本来也有过如胶似漆的岁月，怎奈为正妻张孺人不容。张孺人倒不是不许他纳妾，而是要纳也得纳个“良家子”，不能接受柳如是这样的“倡家女”。说穿了，还是陈子龙不够珍视柳如是，不然的话，纳便纳了，你待怎样？

柳如是从此就断了嫁个少年郎的心思，索性相中了年过半百的钱谦益，还穿着男装跑到常熟去看他。这次她没看走眼，钱谦益对这位天上掉下来的柳妹妹既怜又敬，不仅以嫡妻之礼迎娶了她，婚后也容许她身穿儒服接待宾客。钱、柳二人过了一段琴瑟相和的好日子，只可惜，钱死之后，柳如是被争夺家产的族人相逼，以一根绫带自尽了。放诞如河东君，最后居然逃不过和寻常女子类似的悲惨命运，可见从良除了考验人的慧眼外，还需要一点点运气。

陈圆圆对应的是夜奔之不良结局的第三种。若光比拼美貌，陈圆圆是秦淮八艳中拔头筹的，够得上倾国倾城的级别，这点从她们的不同待遇中可以看得出来。柳如是、董小宛等人都是倒追，陈圆圆呢，是被人家抢来抢去。董小宛花了多大劲才嫁给冒辟疆啊，可是冒公子眼里最美的人却是陈圆圆，失之交臂后常对人叹道：“妇人以姿致为主，色次之，碌碌双鬟，难以其选也，慧心纨质，淡秀天然，平生所觏见，则独圆圆耳。”

真正的美貌是所向披靡的，所以陈圆圆之美不但令文士冒辟疆念念不忘，也可令武夫吴三桂冲冠一怒。上次看刀尔登的书，考证说吴三桂在镇守山海关时，一天一封家书写给老父，信中十有八九会问到“陈姬如何”，听说陈姬为人所夺后，信中多切齿之痛，可见“冲冠一怒为红颜”并不仅仅是诗人之言，更是有事实依据的。

最终，吴三桂如其所愿，成功抱得圆圆归。英雄美人也算是佳偶天成了。这样惊天动地的开始，最后不过是一个烂俗的结局——多年后，陈圆圆色衰宠竭，黯然自请出家。

金庸看不得美人迟暮无人问，于是在《鹿鼎记》中为她安排了一个暗恋者胡逸之。为了陈圆圆甘做佣仆，只求能常伴美人身旁，但这样的故事只能存于小说之中。都说红颜薄命，是因为绝代红颜的命运是由不得自己的。陈圆圆何尝有过嫁娶的选择机会，她只是被动地从一个男人身边辗转到另一个男人身边，欲求安稳而不得。

顾媚是八艳中唯一一个堪称善始善终的例子，也许正因如此，她在八艳中的名气反而较小。现实生活中，人们追求圆满，可对传奇人物，人们却期待她们死也要死得轰轰烈烈。

顾媚其实美貌实力都处于秦淮众艳中的第一梯队，余怀说她“庄妍靓雅，风度超群。鬓发如云，桃花满面；弓弯纤小，腰肢轻亚”。顾媚个性豪爽不羁，与柳如是较像，时人呼之“眉兄”，柳如是自称为“弟”。秦淮八艳中不乏走冷若冰霜路线的人，比如说董小宛，顾媚却始终艳如桃李，善于周旋在一拨文人名士之中，有此解语花，可为雅集增色不少，所以她所住的眉楼经常门庭若市，余怀戏称为“迷楼”。

顾媚在一众追求者中选中了龚鼎孳。清初三大文人之一，官做到了礼部尚书，顾媚也随之被封为“一品夫人”，这可是货真价实的“正妻待遇”。

龚鼎孳这个人没什么气节，所以才两朝为官，但对顾媚一直是视若拱璧。顾媚没有子嗣，于是用一个小木偶当孩子养着，时人称为“人妖”，他也由着她去。龚鼎孳唯一的缺点是喜欢拿她当借口，每每有人责问他为何改仕清朝，他就叹息说“我愿欲死，奈小妾不肯何”。顾媚并不争辩，她的声名似为此所累，但生前的好处是享尽了。

青楼终究不是可以终老的地方，尽管通往从良的路上铺满了荆棘，想要脱离风尘的女子们还是前赴后继着。秦淮八艳中的其他人，就没顾媚这么好命了。除了上面所说的几位外，李香君是先嫁给侯方域为妾，侯仕清后，香君就不知所终了；卞玉京一直想嫁给吴伟业，未遂后胡乱嫁了一个诸侯，并不得宠，只得出家做了女道士；马湘兰和王稚登玩了半辈子的暧昧，结果还是止于暧昧。

写到这里，可能有人会质疑说，既然选择从良风险太大，为何不干脆断了从良的心，反正腰包里不缺银子，留在青楼不是更加逍遥自在吗？八艳中的寇白门就是这样干的。这位姑娘早年也曾从过良，十七岁就嫁给保国公朱国弼为妾，当时朱特派五千名手执红灯的士兵迎娶，成为明代金陵最大的一次迎亲场面。可是好景不长，朱国弼后被清软禁，落得要卖掉家中的歌姬婢女。这时寇白门自请回金陵，筹得两万银子将朱国弼赎释。这时朱氏想重圆好梦，但被白门拒绝，她说：“当年你用银子赎我脱籍，如今我也用银子将你赎回。”

这个时候的寇白门何等有风骨，没想到她回归金陵之后，终日抛头露面，喜欢和少年为伴，时不时以财物相馈。晚年时喜欢一个叫韩生的少年，某日数度欲拉韩生共寝，都被此人推托了，后来发现这小子在隔壁房间和年轻貌美的婢女调情，寇白门起身拿棍子将婢女痛打了一顿，又怒骂韩生“衣冠禽兽”，并因此一病不起。白门啊白门，你可知道，江湖已经不是以前那个江湖，何不有风度点让年轻人一席地呢？这还是当年那个“娟娟静美”的寇白门吗？

养小白脸养到这个份上，真是不亦悲乎。白居易当年感叹琵琶女“老大嫁作商人妇”，要是他看到晚年的寇白门，一定会痛感最惨的不是老大嫁作商人妇，而是老大还在江湖混。

7 校花们都已嫁为人妻

事到如今，我们都已为人父母，当年那些照耀过我们青春期的校花们，也早已嫁为他人妻。她们中的大多数在经历了几次伤筋动骨的恋爱后，最后都嫁给了那个能够陪她看细水长流的人，过上了为人妻为人母的普通生活。

头一个传出婚讯的是亦静。

亦静是我的学姐。

我爸爸和她妈妈是同事，从小就以她为典范教育我，亦静的优秀成为了我的梦魇。爸爸总是在饭桌上转达关于她的光辉事迹：亦静又拿了全校第一名，亦静主持了迎新晚会，亦静第一批入了团……说得我无比惶恐，只敢埋头吃饭。

我现在还记得，亦静在学校国庆晚会上跳《天鹅湖》的场景。小小年纪的她，穿着流云一般的白纱裙，身材修长柔软，已经呈现出天鹅一般的姿态。她脚上是一双樱桃红的芭蕾舞鞋，我相信即使很多年后，还有男生会念念不忘地想起那双红舞鞋来。

现在想起来亦静其实不算很美，单论容貌顶多称得上清秀，而且有两颗小龅牙，一笑就露了出来，偏偏她又爱笑，可是她举手投足间有种说不出的味道。那会儿我还小，等大了以后才知道原来是优雅。要知道，在一群乳臭未干的疯丫头中，突然来了这么一个娴静端庄的淑女，自然是鹤立鸡群了。

亦静从着装到举止走的都是淑女路线，她从来不穿那些我们认为可爱的粉粉嫩嫩的少女装，偏爱的是藏青、淡碧、深蓝这一类的颜色。我记得她有一件藏青色的滑雪衫，样式很普通，不知道为什么，穿在她身上特别合适，衬得她分外娴静。她说话柔声柔气的，未语先笑，并不介意两齿微露，让人感觉很有亲和力。

这样的脾气性格居然人缘并不好。很多时候，她都是一个人独来独往，女生们不是不想亲近她，而是心里怯怯的。那会儿，我们野得可以跳上乒乓球台和男生决斗，亦静的淑女气质实在和广大初中女生不搭。

亦静妈妈是老师，可能是受母亲的影响，初中毕业时，她没有读高中，而是读了师范。很不可思议是吧，但在当时是很流行的，在我们镇中学，当年成绩最好的一拨儿很多都上了中专，因为可以搭上包分配的末班车。

读师范的时候，亦静照旧很出挑，她的文艺才能在这里得到最大程度的发挥。读书期间，她和以前的一些老同学保持着通信，其中有个隔壁班的男生，每次考试都是毫无悬念的全校第一，现在上了重点高中，课余也会有一搭没一搭地给她写信。三年后，她毕业了，如愿分配到以前就读的镇中学，如果不出什么意外，她将和很多师范女生一样，教教书，在众多追求者中选个老师或者乡镇公务员做男朋友，度过“平淡而又不平凡的”一生。

那个和她通信的学霸男生，顺顺当当地考上了清华，据说是我们镇中学出的第一个清华生。之后他们写信的频率越来越高，言语也越来越炽热。亦静后来说，这个男孩的出现唤起了她对另一种生活的向往，在他的身后，是整个清华园、北京乃至一个广阔无边的世界，那个世界原本不在她的生活之内，现在因为他，突然和她有了联系。

两个人就这样相爱了。

对他们的恋爱，没有人看好。小镇上的人都很现实势利，他们才不会管你们有没有“相同的灵魂”或者“共同的理想”，他们只用最表面的东西来衡量，他是清华男，她是乡村女教师，怎么看都不像会有结果。

亦静在清华男的鼓励下，开始准备考研，而且定的目标是考上清华的研究生。一动手的时候，才发现没有想象中那么容易。师范是不开英语课的，她的英语只有初中水平，专业书更是隔阂得如同天书。咬紧牙关准备了一年，考完后她连分数都不敢查。第二年索性孤注一掷，办了停薪留职去北京租间小屋旁听了半年，结果还是没上线。

这么忙活了几年，转眼清华男就毕业了，并获得了去美国留学的机会，他兴冲冲地告诉她“可以去美国陪读”，她却倔强地扭过头去说“不”。她想通过自己的力量去考研，不知道是为了证明什么。

男方父母本来就反对他们在一起，这下理由更充足了。对女友的眷恋抵不过对大洋彼岸的向往，清华男还是按照计划出国了。亦静留在国内，准备她的第三次考研。

这次总算过线，因为改报了不那么有名的普通院校，但此时他们的恋情已经意兴阑珊。

在她以硕士新生身份报到的那个学期，他在美国有了新的女友。女孩是和他一起出国留学的清华同学，相貌平平；她也很快有了新的男朋友，是她就读大学的数学系研究生，缺点是个子有点矮，优点是对她百依百顺。他们在为对方耗尽了生命中的热情之后,终于不约而同地过上了中规中矩的生活。

有一天在 QQ 上，她和我聊起逝去的那段情，并没有太多感慨，她说："也许我并没有想象中那么爱他，我猜想他也是。"当我还在对着这行字发呆时，她已经下线，说要去喂奶。

瑶瑶的故事用一句话来概括就是：她总是从一个学霸身边流浪到另一个学霸身边。而这些学霸们，都和她结识于遥远的初中年代。

不久前，瑶瑶在校友录里上传了一张照片。照片里，她化着浓妆，穿着一件过分暴露的婚纱，看上去和影楼里的任何一张婚纱照没有太大区别。双手揽着她腰的男士，看上去有点面熟。下面有校友评论说：祝贺瑶瑶和老张成为某中 97 届第一对校园伉俪。

我这才发现，原来瑶瑶身边的那位男士就是当年参加数学竞赛次次都拿第一的老张啊。那时候的他有点少白头，鼻子上的眼镜镜片厚得像玻璃瓶底，念初中那时看起来就少年老成，很多年过去了，他的眼镜换成了隐形的，在外形上终于看起来和同龄人差不多了。

瑶瑶怎么会嫁给老张呢？老张当年多木讷啊。带着一丝惋惜，我叫老公过来观赏照片："快来看看我们当年的校花！"正在打游戏的老公迅速扫了一眼电脑屏幕后马上提出了质疑：“这是你们校花？照这个标准，我看你也能勉强评个班花。”

我白了他一眼，心里却不得不承认，男人看女人的眼光的确更加精准，就算经过无数次 PS，还是可以看出瑶瑶已经变得泯然众人了。可是中学时代的瑶瑶是多么光彩照人啊，她就像一个发光体，出现在任何场合都会成为焦点。就算是我一个人的记忆出了错，还有成千上百个校友可以用他们的记忆做证，不然的话，为什么直到多年以后，她的光彩渐渐变得黯淡，还是有那么多男生前赴后继地往她身边凑呢？他们曾经是仰慕她的庞大人群中的一分子，用目光追寻过她的一举一动，从来不曾奢望，在很多年以后，居然有了走近她的机会。

瑶瑶这个名字，在我们镇中学一度成为传奇。老师们都说，见过有才有貌的，没见过这么才貌双全的。瑶瑶家里有五姐妹，号称五朵金花，个个都是货真价实的美人儿，排行第三的她尤其出众。瑶瑶的长相很古典，一张雪白的鹅蛋脸看上去稍稍有点婴儿肥，更加显得肤如凝脂，她的眉眼是真正的柳眉杏眼，盯着人看的时候眼睛里像有水在脉脉流动，我从来没有见过那样水汪汪的大眼睛。要说有什么不足，就是她的鼻头有些塌，不过长在那样的一张脸上，人们都说这样的鼻子挺可爱的。

我初见瑶瑶，就觉得这个女孩子像是从《红楼梦》的年画里面走出来的。和那些古典美人不同的是，瑶瑶身上没有一丝自怜自艾的气息，她看起来特别朝气蓬勃。

长得美不算什么，关键是长得美还有才。当然，在一个以升学率为生命线的初中学校里，有才就约等于成绩好。瑶瑶的成绩不是一般的好，进校第一次期中考，她就考了个全校第一，这样的纪录保持了两年，直到被一个男生打破。很多年以后，这个男生成为了她的 × 任男友，这是后话了。当时的校长不知是出于爱美还是惜才之心，拿着一箱苹果主动上门拜访，表示想认瑶瑶做干女儿，这个故事直到现在还被很多人津津乐道。

若是换作其他人，长得好又会念书，早拿自己当黛玉再世了，瑶瑶的过人之处在于她不把自己的美当回事。初中女生已经有了爱美之心，很多人都在衣服打扮上下功夫，瑶瑶呢，一年四季都爱穿运动服，过分肥大的运动服遮住了她正在发育的身材，只有在国庆晚会上人们才会发现，换上了裙子的主持人瑶瑶原来有着那么玲珑的腰身。少女们都爱读几本三毛琼瑶染上些文艺气质，瑶瑶却坚定不移地只爱数理化。

瑶瑶不爱打扮，她的衣着发型却成了镇中学的风向标，被很多女生暗地里偷偷模仿。我们那一届的女生几乎每个人都有套宽松肥大的运动服，大家也不管自己是胖是瘦是高是矮，一窝蜂地都幻想自己穿上了这件运动服后，就有了几分和瑶瑶相似的气质。初中三年，瑶瑶的发型一成不变，总是梳一个松松的马尾垂在脑后，于是女生们人人都爱梳马尾。

当时大课间学生们都在操场上做操，我总是忍不住将目光投向隔壁班，偷偷看瑶瑶做操，她的姿势好像特别优美，当做到跳跃运动那一节时，她像小兔子那样一蹦一蹦的，脑后的马尾随之一跃一跃。我一边模仿她的动作，一边痛恨自己头发太短梳不了马尾。

现在想起来，初中其实是瑶瑶美貌的巅峰时代。初中毕业后，她就没有再长高过，她那样的身材，按照我们这个时代的审美标准来说，还是嫌矮了些。到了高中我再见到她时，她已经长得越来越像一个典型的理科女生了，仍然穿着运动装，马尾剪成了短发，最遗憾的是戴上了一副大大的黑框眼镜，她那么动人的大眼睛，怎么就忍心发愤苦读成了高度近视呢?

后来我看胡茵梦的书，忽然悟出一个道理，美貌原本是上天给人的恩赐，可是当你过分不珍惜时，上天就会收回这份恩赐，对比下中年和年轻时胡茵梦的照片你就会明白我在说什么，瑶瑶的变化也让我有同样的感觉。

但是学霸们和我的感觉不一样，他们可能是这个世界上最念旧的生物了。由于埋头苦读，他们的情感世界大多封闭内敛，因此，他们对情窦初开时爱上的第一个女孩往往终生难忘。

我不知道我们那一届的男生有多少人暗恋过瑶瑶，只是后来听说她从第一任男友到第 N 任男友再到最后的老公都是我们的同学。他们的共同特色是品学兼优性格内向，一句话，都是闷骚男。

很多年以后，瑶瑶男友中的一位曾经向我说过他们的故事。“你知道吗，我喜欢她超过了十年。”他的开场白让我顿感时空错乱，用十年来暗恋一个人，然后再慢慢靠近，这样的故事，我以为只能发生在《山楂树之恋》那个年代。

他们的爱情也凄美得不像现代社会能发生的事。他们读大学时一个在北京，一个在广州，却爱得如火如荼。毕业后，他南下来到了她的城市，以为终于可以过上团聚的好日子，没想到这时他父亲生意失败欠下了一大笔债，债主甚至追到了广州。为了还债，他一天打两份工，晚上就去天桥下摆地摊，为了躲避城管四处奔逃。最穷的时候一天生活费只有五块钱，饿了就吃馒头，然后拼命灌凉水。冬天买不起厚衣服，就一件件往身上套 T 恤，感冒烧到 40 摄氏度也硬撑着不去医院，因为舍不得医药费。就是这样，他也从不向她诉苦，都是一个人硬撑着，心里只有一个念头，快点把债还清，好娶她过门。

我知道这样听起来很不真实，可是当我看到他回忆往事时眼里闪动的泪光，我就想也许是真的，一定是真的。

他告诉我，那年冬天，瑶瑶终于扛不住家里的压力，向他提出，要么结婚，和家里人死磕到底，要么分手。他知道结婚是不可能的，家里还有一两百万的债没还，他拿什么和她结婚？于是只有分手。

“她不是嫌我穷，她只是……看不到希望。”他喃喃地呓语着，像是在替她辩解，又像是在找一个让自己甘心的借口。

分手后没多久，他黯然离开广州，揣着仅有的两千块来到了我所在的三线城市。这里有个小镇，号称是世界灯都，没想到这里的灯居然真的重新点燃了他的生命。他尝试在网上卖灯，取得了意想不到的成功。他的网店冲到了同类店铺中淘宝前十的位置。两年后，债务终于慢慢还清了。

那两年里，他像上足了发条的机器人一样，一天工作十七八个小时，脑子里完全没有休息的概念。然后在某一天，有好事的同学告诉他，她准备结婚了，对象也是他们的同学，刚刚博士毕业不久，为了她来到广州，在某家 500 强企业中任职。

“那时的感觉是一切都晚了。其实就算分了手，我也没觉得我们真正分开了，总觉得她还在等我，等我把债都还清了，就去找她。听到这个消息后才知道，我是真的失去她了。”他告诉我，他其实去看过她，在听说她将要结婚之后，他搭车去了她所在的城市，找到了她上班的银行，隔着一条街，远远地看着她在柜台里忙碌。他想起很多年以前，他还是个内向的小男生时，也是这样，站在人群里远远地眺望着她。这次他知道，他再也没有办法走近她。

到现在，瑶瑶已经和博士老公生下了宝宝，我的这位男同学还是单身一人。

也有勇敢拒绝学霸的校花，比如说阿乐。当年的四大校花之一，论姿色，她其实应该排名第一，可惜她成绩不好，拖了后腿，只好屈居第四。我不知道你们的学校如何，反正在我们镇中学，校花基本上是才貌双全的化身，阿乐算是个例外，她的美貌让人无法把她从校花群中剔除出去。

阿乐的母亲是在镇上卖卤菜的，身材敦实得和任何一个中年妇人没有区别，身上长期有股麻辣香干的味道，她的父亲也相貌平平，这样看来，阿乐的美和基因没太大关系，纯属石破天惊。

初一新生报到那天，阿乐就轰动了全校。初二初三的男生都跟疯了似的，成群结队地涌到 79 班去，只为看一眼传说中的美女阿乐。

阿乐爱打扮，开学第一天更是下足了功夫，穿着当时还很少见的蓬蓬袖雪纺连衣裙，裙子是艳粉色的，缀着累累的蕾丝，越发显得她脸上的皮肤雪白。阿乐打扮得这样隆重，脚下却随随便便趿一双凉拖，跟儿足有五厘米高。

初中三年，印象中的阿乐总是踩在这样的一双高跟凉拖上，懒懒散散地走在校园里，对那些投射在她身上的灼灼目光视而不见，应该说这样的目光她见得太多了。才读小学时，她哥哥班上的男同学就会结伴到她家去，借口是问功课，目的当然是为了亲近这个美丽的小妹妹。

哥哥成绩好，阿乐进校时，老师们也对她寄予了厚望，尤其是男老师们，恨不能将平生所学倾囊相授。阿乐的物理学得不好，物理老师就单独留了她开小灶，老师在黑板上又是画图又是列公式激情澎湃地讲了一下午，阿乐却忽闪着大眼睛问：“老师啊，我们家的电灯到底是串联还是并联啊？”物理老师这才发现，阿乐根本没听他讲什么，他有点懊恼，可是在这样水波潋滟的大眼睛面前，他连重话也讲不出口。

阿乐不笨，只是没把心思放在学习上。她看起来乖乖的，可是骨子里叛逆。当时人人奉行好好念书出人头地这样的主流价值观，只有阿乐不屑于此。一次寝室卧谈，聊到对未来的憧憬，轮到阿乐，她气定神闲地说："我对读书不感兴趣，以后就嫁个有钱人，在家相夫教子。"

这话一出口，女生们都被镇住了。几乎所有人都笃定地认为阿乐一定能实现她的理想，成功地嫁入豪门，在小小年纪的我们心中，她的美具有所向披靡的魔力。

后来，阿乐勉强读完初中就辍学了，这在我们那儿实在是太平常了。不平常的是，辍了学的阿乐马上走上了街头，和母亲一起卖卤菜，年方十六的她站在一堆鸭脖子、鸡爪子、麻辣豆腐干子中间，显得那样雪白粉嫩。她的美貌很快为她赢得了"卤菜西施"的美名，随之而来的还有越来越红火的生意——街头的混小子为了一亲芳泽，不惜一天好几遍地来买卤菜。

我读高中时经过卤菜摊子，心里还有点发窘。阿乐倒是落落大方地和我打招呼，还会看在老同学的分上在称卤菜时多给我半根鸭脖子或者几块麻辣豆腐干。我原本以为阿乐会火速出嫁，以实现她初中时许下的"宏愿"，没想到她卖了很多年的卤菜，风吹日晒的，脸上渐渐有了风霜之色，她的卤菜摊子生意也淡了下来，混小子们在挑逗不成后，终于对她的美貌无动于衷了。我不知道阿乐是不是还在坚持她少时的理想，作为旁观者我都有点心灰意冷了。

直到有一天，卤菜摊子前来了个面生的客人，鸭脖子鸭头麻辣香干买了一大堆，结账的时候，阿乐要给他抹去零头，他涨红了脸拼命摇头说"不用不用"。还是阿乐母亲认出了他，原来这是当年阿乐哥哥那一大堆学霸同学中的一位，已经从某名牌大学毕业了，现在在上海工作，是传说中的金领。他来买卤菜，自然是醉翁之意不在酒了。

金领哥哥的到来轰动了整条街，阿乐父母觉得女儿白白地美了这么多年，这下子终于得其所哉，大有扬眉吐气之感，街上的人也觉得与有荣焉。摆在阿乐面前的是一条金光大道，跟金领哥哥一起去上海，买个小房子，生个小娃娃，用我们那儿的话说，等于“糠箩里跳到了米箩里”，从此就过上了不一样的生活。

没想到阿乐居然拒绝了这样的生活。她的理由是“他是名牌大学毕业，我才读了初中，说不到一块儿去”。为这事，阿乐父母差点儿没把她扫地出门，整条街上的人都在替她惋惜，“可惜了，白生得这么好”。

不久后，阿乐找到了能说到一块儿去的人。是个本地小伙子，在南方闯荡了很多年，带了一笔钱回来开了家服装店，不算很有钱，倒也算个小大款。两人结婚后，夫妻俩各做各的生意，阿乐盘下了一个小店面，还是卖她的卤菜，小伙子有空了会帮她卤鸭脖子什么的，两个人边卤边窃窃私语，像是有说不完的话。他们很快有了孩子，是个女孩。

上次回老家，路过阿乐的卤菜铺子，见里面有个小女孩在帮忙打包收钱，雪白的一张瓜子脸，眉眼之间颇有阿乐年少时的神韵。阿乐呢，几年不见腰身已经有些粗了，长得越来越有向她母亲发展的趋势，她倒是没什么，还是趿拉着五厘米高的高跟凉拖，像以前一样落落大方地招呼我：“老同学，来买卤菜啊，给你打折！”

和我们绝大多数人一样，阿乐终究没有实现她年少时的理想，可是那又怎么样呢？偏离了理想轨道的生活，也可以活得有滋有味。

8 玉莹从来不动情

近日天涯上有个大热的帖子，是关于腹黑女的，作为白兔型腹黑女的代表，侯佳玉莹自然榜上有名。

《金枝欲孽》中最打动我的就是孙白扬对玉莹的爱情。身为宫廷御医，孙白扬每日百花丛中过，收获了芳心无数。像尔淳那样痴恋孙大人的，想必既不是第一个，更不是最后一个。孙白扬也自诩能做到片草不沾身，其实人皆有欲，他所做的只不过是克制欲望，等到命里的煞星玉莹一出现，压抑多年的情欲就如黄河决堤，一发而不可收拾。

玉莹何以能在万紫千红中一枝独秀？论美貌，尔淳之柔媚、福雅之清丽比较起她的明艳来，并不逊色太多；论手段，更不及尔淳之阴狠；论个性，她刚进宫时实在有点人见人嫌，除了扮白兔外别无所长。那么玉莹赢在何处？个人觉得，这姑娘最大的优势就在于无情。

对于一个女人来说，这世上没有什么武器比爱情更具有杀伤力。一旦动了情，再强硬的女人顷刻间也会沦为炮灰，所以真正强大的，都是那些从不动情的女人。

武则天为什么能够成功登上女皇宝座？因为她从来不爱男人，她只利用他们；周芷若为什么能成为峨嵋掌门？因为她为了事业，不惜冒失去情郎之险。

对孙白扬这种见惯佳丽、熟谙风月的熟男，能使他动心的怕只有玉莹这样无情的女人吧。试想偌大的一个皇宫内，莺莺燕燕们由于各方面的饥渴，略碰到一个平头正脸的男人，媚眼就会漫天地飞过去，孙白扬行于宫中十数年，估计已有数不清的妃嫔对他明示暗示过爱意，不客气地说，这时候的他，兴许对什么温情啊体贴啊都麻木了。

这时候我们的侯佳玉莹挟风雷之势登场了，站在宫中的一众多情女子中，这姑娘是那样地冷艳，那样地执拗，那样地光彩夺目。这姑娘与众不同，对寻常女子渴望的爱啊情啊，从未放在心上，这姑娘目的明确，除了得到皇帝的宠爱外，她别无其他的杂碎奢望。

有道是无欲则刚，正因为不渴求爱情，所以玉莹在孙白扬面前从来都是扬扬得意占尽上风，一开始，她压根儿就没把这小御医放在眼里，当她当着他的面轻解罗衫，看着他因此而呆若木鸡时，纯粹是把他当一颗摆弄的棋子。

可以说，玉莹出场不久后，就把孙白扬给震住了，没办法，男人总是贪图新鲜，这个女人和以往那些女子的反差越大，对他的吸引力就越大。至于促使孙白扬对玉莹情根深种的内因，也是因为她的无情。

各位童鞋所分析的什么玉莹很孝顺啦很无助啦等只是外因。玉莹在宫中女子里并不算太聪明，但她的对手尔淳也好，安茜也好，都吃亏在一个情字。情令智昏，再聪明的女子，一旦对某人情根深种，在他面前就难免会发挥失常大失水准。

玉莹却没有这方面的烦恼。在很长一段时间里，她对孙白扬是感激有之，利用有之，迷恋全无，所以她能在任何时候都保持清醒的头脑，而这时候，孙白扬却已被骤然萌发的情欲之火烧昏了头脑。男女之间好比博弈，当一个头脑清醒的女子遇到一个昏头昏脑的男子，要想把他糊弄得神魂颠倒，并不是件难事。

说实话，《金枝欲孽》是一部很适合 YY 的电视剧。喜欢玉莹的女孩子多半会把自己想象成她，幻想着会遇到一个像孙白扬那样的男人，全世界的女人都爱他，而他只爱我一人，偏偏我对他毫不动心若即若离。靠，这世上还有比这更酷更拉风的事情吗？

但玉莹最后还是落了个一败涂地。因为她终于把持不住，还是动了情，而且是深深地、深深地动了情。爱情使与众不同的侯佳玉莹堕落成一个容易受伤的寻常女子，百炼钢化为绕指柔，再也没有金钟罩铁布衫，这一具血肉之躯是如此脆弱，外界的一点儿小风小浪就足以让她永不翻身。当看到她为了孙白扬主动去向皇后自首，我顿时明白，那个坚硬凌厉得无人可挡的侯佳玉莹已经一去不复返了。

令人慨叹的是，即便是结局惨烈，玉莹仍令我辈羡慕。生于现代的女子，其实是处于一个想做玉莹而不得的时代。也许，玉莹并非从不动情，她只是一个没有安全感的女子，在没有确定对方的真心之前，便只将假意来敷衍，一旦确信对方毫无保留，她也会报以似海深情。

这世上谁能不动情呢？不过是有的人早动，有的人晚动，有的人一个月动好几次，有的人一生也只动那么一次。从不爱人专门爱己的侯佳玉莹，最后因为动了那么一次情，就和孙白扬搂抱着葬身于火海。真让人感叹，“出来混，迟早是要还的”。

话说孙白扬和玉莹的爱情故事真是编得很狗血，但越狗血越动人。我在看此剧的时候，常常一边大骂编剧脑残，居然还编出什么同生共死葬身火海的狗血桥段来，一边在心底恨恨地骂：“妈的，为什么没有人愿意为了我活活被烧死呢？”

9 千万别嫁不如你的人

传说中有种“海绵女”，阅男无数，从每个男人身上都能吸取到精华化为己用，一个又一个男人用身体、用智慧、用才华、用金钱等各种养分将她哺育得越来越艳丽，越来越聪明，越来越刀枪不入。

与此相对的却是反哺型的女人，一个个小母亲似的把自己的美貌智慧一滴不剩地奉献给了相中的男人，如果真有乳汁，她也恨不能挤出半碗。结果呢，结果把男人养得白胖有才人见人爱，自己这朵鲜花却被榨干了汁液，也只有萎谢了。

所以说，女人啊，千万别嫁那些不如你的人，那样的话，你的生活必将一路下坠，我们可爱的黄蓉便是典型例子。

这么一说，可能会招来板砖无数，可细想一想，姑娘确实不是在胡诌。《射雕》里的俏蓉儿何等娇俏，何等慧黠，何等人见人爱车见车载。金庸在写黄蓉出场时更是不惜浓墨重彩。

“突然身后有人轻轻一笑，水声响动，一叶扁舟从树丛中漂了出来。只见船尾一个女子持桨荡舟，长发披肩，全身白衣，头发上束了条金带，白雪一映，更是灿然生光。郭靖见这少女一身装束犹如仙女一般，不禁看得呆了。那船慢慢荡近，只见那女子方当韶龄，不过十五六岁年纪，肌肤胜雪，娇美无比，容色绝丽，不可逼视。”

郭靖如果是胡兰成，必然再感叹说“惊亦不是那种惊法，艳亦不是那种艳法”了。对于这个生活在塞北的质朴小子来说，白衣金环的黄蓉就好像是园子里探出的一枝粉嫩粉嫩的俏桃花，在她身后，是一片烟雨弥漫的江南春，这正是他日夜向往的故乡风景啊。

浙江舟山现在还有个桃花岛，黄蓉显然是江浙美女的典型代表，身材娇小玲珑，语声清脆动人。记得看央视版《射雕》时，迅哥儿沙哑的声音差点儿没雷死我。在我心目中，黄蓉的声音应该是异常清脆的，和人斗嘴时叽叽喳喳说个没完，听起来如大珠小珠落玉盘。

如此姣丽动人偏偏又慧黠无双，从黄河四鬼到欧阳锋，武林前辈们都被这个小丫头玩得团团转。黄蓉的聪明混合着一点儿孩子气的天真，好似小孩和大人斗智斗勇，每次都是小孩以巧计胜出，怎不看得人大呼痛快。

所以说，少当读《射雕》，感受“昵昵小儿女”式的天真和热闹；壮当读《笑傲》，领略人在江湖理想和现实的冲突；老当读《天龙》，顿知浮云富贵，敝履荣华，终归尘土，我们谁都逃不过宿命。

如此可爱的蓉儿到了《神雕》中，竟然变成了一个喜欢护短、小心眼儿、不分是非、智计与武功毫无进展、好似猪油蒙了心的中年妇人，除了还有几分残存的美貌，简直找不到半点俏黄蓉的风采。以至每次看《神雕》，我都异常揪心，尤其是看到黄蓉母女在乱石阵中无比仓皇，差点儿死于金轮法王的手下，甚至还要指望冤家对头杨过出手搭救时，我那个小心酸小悲哀啊，真是如潮水般泛过心头。

而当看到黄蓉和李莫愁过招也只不过是打成平手时，我简直是火冒三丈，哀其不幸怒其不争，恨不得跑到她面前质问一句：黄大妈，您这些年干吗去了？怎么活着活着反而活回去了呢？难道年龄都长在……哎，我这么失态，全是因为太爱那个冰雪聪明狡黠可爱的小蓉儿，请大家原谅。

《射雕》中完全没有李莫愁这号人物，可见人家毕竟是江湖后辈，这两个人就怎么能打成平手了呢？！比师父的话，林朝英再牛也牛不过东邪加北丐吧，比智商的话，还有谁比黄蓉更有脑子呢？就是这样一个优质学生，要名师有名师，要资质有资质，愣是被一个外来的金轮法王逼得团团转，又和一个不知哪里冒出来的后起之秀打成了平手，真的让人怀疑她把时间都用到哪儿去了。

那我们来看看，黄蓉这些年都干吗去了。扳起手指头一数，就知道她生了一个不成器的女儿，当了十几年不管事的丐帮帮主，最重要的是培养了一个“侠之大者，为国为民”的丈夫郭巨侠。

遥想郭巨侠当年，可不是传说中的天生英才，《射雕》中俨然一个愣头青傻小子，除了心肠好点能吃苦点听话点，还真看不出来是一只潜力股。而我们可爱的蓉儿，和他相比简直有如美玉和顽石，那差距可不是一点点。

可到了《神雕》中，傻小子郭靖已成长为了郭巨侠，一心以天下为己任，武功也跻身超级高手之列。襄阳虽没守成，却赢得了生前身后名。试想当今武林，何人不高看一眼厚待三分？相形之下，黄蓉却没什么进展，以前的傻小子什么都听她的，现在却心甘情愿地唯郭巨侠马首是瞻，他说不救郭襄就只有眼看着女儿受苦，他要死守襄阳就乖乖陪着他送了命。

原来夫妻之间也是凭实力说话啊。今时今日，两人的地位已经颠倒过来了。年华老去的黄蓉似乎也隐隐嗅到了丝丝危机，所以才不惜再做一次高龄产妇，可惜的是，双胞胎是她生的，命名权却得交给郭巨侠，一名郭襄，一名郭破虏，摆明了誓要一门忠烈的决心。

不知道这个时候的黄蓉在为名满天下的丈夫自豪时，会不会也有丝丝遗憾？她有没有后悔过当初为了让郭靖学降龙十八掌，绞尽脑汁做出了一道道佳肴来引洪七公上钩？有没有后悔过历尽千辛万苦，只为了让郭靖手刃完颜洪烈？

如果她把这些时间这些心思都花在自己身上，而不是时时刻刻都想方设法望夫成龙，那么在《神雕》中，我们是不是有可能见到一个正值盛年、智慧与武功都达到巅峰状态的黄蓉？

其实，聪明女子嫁个傻小子并不可怕，可怕的是她把所有的心血都花在了“成龙”计划上，却忘了使自己升值。没有任何人能把一个聪慧的女子从珍珠变成鱼眼珠，除了她自己。

对于一个女人来说，最好的婚姻投资并不是找到一个潜力股男人，而是把自己当作潜力股，使劲儿开发。无论如何，多爱自己总是没错的。

keep calm

and

carry on

第

章

我 不 想 让 你 那 么 孤 单

1 喜丧

1

在我的老家湖南，春天要来得比广东晚一点儿。

印象中，老家的春天总是伴随着清明的到来才开始变得声势浩大。在此之前，你只能从泡桐树一点儿淡绿的嫩芽，或是迎春花一枝未开的花苞嗅到一点点春的气息。

清明前后，春阳和熙，春雨飞洒，我们走在明媚的春光中，提着纸钱炮仗，去后山的祖坟扫墓。浩荡春风拂在脸上，柔柔的，暖暖的，我们的心情也变得明媚起来。

我从小就喜欢清明节，二年级学了一首古诗叫《清明》，老师在讲台上摇头晃脑地念："清明时节雨纷纷，路上行人欲断魂。"

我们跟着摇头晃脑地念："清明时节雨纷纷……，路上行人欲断魂……"

小小的我念得兴味盎然，总是把最后一个字的音拖得很长。

老师说诗是用来念的，不是用来唱的，老师还说这是一首很感伤的诗，你们要念出“断魂”的感觉来。

老师说的总没错，可是我们照样把这首诗念得喜气洋洋，每一句后面都拖着长长的尾音。我弄不明白，清明时节下的雨又不是特别讨人嫌，那些路上行人为什么要“断魂”呢?

在我的印象中，清明是一个毫不感伤的节气。小时候，每年清明爸爸妈妈都带我去山上扫墓，我们叫“挂青”，对于孩子们来说，简直就是一个快乐的节日啊，可以放鞭炮，可以在草地上打滚，偶尔还可以吃到给先人们准备的桐叶粑粑。

清明时漫山遍野都是山花，坟地上的草长出来有两寸高了，让人很想躺上去打个滚。每次去的时候，爸爸都要用锄头把坟前的草刨刨，妈妈忙着挂纸幡和烧纸钱，我呢，不是在草地上蹦跶，就是在编花环。湖南山间有一种白色的山花，枝条柔韧细长，花朵密集清香，总是在清明时节开得最盛，我总是折下两三条这样的花枝，胡乱编成一个圆形的花环。

等我玩得差不多了，爸爸就会叫我：“过来拜下你太婆和爷爷。”

两座低矮的坟里，睡着我的太婆和爷爷。从我懂事以来，他们就睡在这里，不知睡了多少年了。坟前有两块简陋的石碑，上面刻着他们的名字，我知道爷爷叫于大贵，可是我不知道太婆叫什么，坟上只是刻着“于门申氏”四个字。

妈妈问我：“你还记得你太婆吗？”

我使劲点了点头。我的爷爷，在我爸爸还只有十六岁时就去世了，我没有见过他，我的太婆，我倒是见过的，她曾经是我们村最年长的老寿星，一直活到我六七岁才过世。

妈妈往太婆的坟前放了一碟桐子叶粑粑，叹息着说："你太婆是个苦命的人啊。"

我不太明白什么叫作苦命，就像我不太明白什么叫作"断魂"，比起太婆的命运来，我更关心的是什么时候能吃桐子叶粑粑。

我出生的时候，太婆已经很老很老了。我有关她的记忆并不多，关于她的故事是妈妈后来断断续续告诉我的。妈妈是个非常会讲故事的人，我希望有一天能够把她讲给我的故事都写下来。

2

我不知道太婆叫什么名字。

从我记事起，村里人都叫她七太婆。还没那么老的时候，大家叫她七奶奶。人们对她的称呼始终和她的男人绑在一起，不去理会那个男人在她生命中其实只占有很少的分量。

在太婆还被叫作七嫂的时候，她的男人就被抓了壮丁。

说抓并不准确，确切地说，是他主动顶替哥哥进了国民党部队。

我的太公年轻时是个游手好闲的人。听村里人说，他长得高高大大，干起活来有使不完的力气，可就是懒得干活，整天叼着烟筒在村子里游荡，见到哪里有打牌的就凑过去，地里的草老高了也不会薅一下。

太公的父母很不喜欢这个儿子，替他娶的媳妇一进门，就赶紧张罗着分了家。小夫妻俩分得草屋两间外加破锅一个，两人在家徒四壁的草屋里抱头痛哭了一夜，年轻的太公发誓从此以后要勤快做人。第二天一起床，太婆在家照看孩子，让他去摘黄花，到了中午还没见他回来，找时发现又在村头看牌呢。

太婆顶着日头去摘黄花，手再怎么快也赶不及在黄花没有开放前摘完，太阳越来越毒，满地的黄花都开了（黄花菜开了后就不能吃了），太婆憋着一口气，还是都摘完了。

回到家里，看见丈夫正坐在床上抽烟筒，家里冷锅冷灶的没有一丝暖气，见她回来了，他还说："黄花都开了，还摘回来做什么？"

太婆按捺不住，一背篓黄花兜头砸在了他身上。

夫妻俩从那以后就争吵不断。

就这样过了两年，内战越演越烈，国民党边撤退边到处抓壮丁。村子里一时人心惶惶，后山的山洞顿时热闹起来，做母亲的想把儿子藏起来，做妻子的想把丈夫藏起来，倒是太公一点儿都不怕，照样在村子里溜达。

太公家有好几个兄弟，其中有个排行第五的弟兄在田间锄草时，就被部队的人看中拉到镇上去了。同村的人前来通报时，太公的妈妈急得哭了，她有五个儿子，其中最疼爱的就是这个五儿子，因为他最勤快。

“这可怎么得了啊！我的五崽啊！”做妈妈的哭着跑到了村头，她的另一个儿子，也就是我太公正在村头大树下和两个老人玩纸牌，她见了哭得更厉害了：“天老爷啊，要抓也抓这个去，怎么抓了我的五崽去啊！”

知道了事情的原委后，太公放下纸牌，对他的妈妈说：“姐姐你莫哭（我们那里老一辈很多人把妈妈叫作姐姐），你舍不得五哥的话，我这就去镇上替他去当兵。”

他妈妈哭声马上变低了。

年轻的太公转过身，晃着两条长腿往镇上走去。他妈妈在后面叫他：“七伢子，你也和你屋里人说一声再去啊。”太公回过头，说了句“不用了，她也不喜欢我”，就晃晃悠悠地走了。

等到太婆知道消息后追到镇上时，那支队伍已经出发了，听说要去一个很远的地方，一直要到许久以后，大家才知道那个很远的地方叫作台湾。

“这个杀千刀的，有种就再也别回来了！”年轻的太婆挺着大肚子，手里还牵着一个两岁多的男孩，对着太公离去的方向狠狠吐了口唾沫。她一滴眼泪也没流，回到村里后，牵着孩子冲进了婆婆家，撂起灶台上的碗砸得粉碎。

那一年太婆多大？刚过二十，还是只有十几岁？没有人记得了，连她自己也说不清楚，只知道太公走的时候，我大爷爷还只有两岁多，我爷爷还在肚子里呢。

在那个年头，女人改嫁是一件很平常的事，虽说带着两个孩子，可是我太婆生得健壮丰满，人又能干，再找个人应该不难。可是她再也没有嫁过，也许她一直相信，太公总有一天会回来的。

3

太公走后，太婆一滴眼泪也没流，她那时候想的就是如何活下去，挣扎着活下去。

其实在太公走之前，家里家外基本上也是她一个人在忙碌，可那种忙碌是有奔头的，不像现在，家里没了个男人，也就失去了底气，她的辛苦除了博人同情外，更像是咎由自取——要不是她脾气暴躁，男人怎么会宁愿去当兵也不愿守在老婆孩子身边。

在村人复杂的目光中，太婆和以前一样忙进忙出，甚至更拼命了。临产前她还在地里摘棉花，察觉到肚子痛时已经来不及往家里赶，就在棉花地里生下了一个瘦巴巴的男婴。他就是我爷爷。

我爷爷生下时特别瘦小，多半是因为太婆在十月怀胎时实在没吃什么好东西的缘故。他出生后，太婆撕开自己的一件外衣紧紧包裹住他，就再也没有力气了。她躺在棉花地里，看见被血染红的棉球想，都弄脏了好可惜，不然可以给刚出生的宝宝做件新棉袄了，冬天穿的时候正好。

我大爷爷在棉花地里找到太婆时，她已经奄奄一息了。他哭着叫来了奶奶，她倒是不计前嫌，赶紧叫人把媳妇背了回去，还给她做了红糖荷包蛋。

太婆在床上躺了整整七天。七天后，她婆婆推开她的门时，发现她已经下地去干活了。直到自己也做了母亲之后，我才能够体会到，那个时候太婆之所以能够撑下来，很大程度就是因为两个儿子吧。

两个儿子的名字都是太婆取的，大的叫大福，小的叫大贵，寄托了一个母亲对他们最朴实的期望。

我的太婆是个能干的女人，家里地里的活都会干，会纺棉花，会犁田，会纳鞋，会酿酒，她纳的鞋结实得可以穿上两三年，她酿的酒直到很多年后还被村里人津津乐道。为了谋生，她还学会了做媒，这一行本来挺忌讳没有丈夫的人，可太婆一上门，没有人可以拒绝她的热情。

没有男人依靠的日子，太婆把自己活成了一棵树，向着阳光，枝繁叶茂地生长着。两个儿子就是站在她旁边的两棵小树。太婆去田里干活时，他们就在旁边打猪草；太婆去山上摘茶叶时，他们就背着小筐去采蘑菇；太婆在忙着打禾插秧时，他们就在家里忙活，大的煮饭，小的烧水，中午时热饭热茶就送到了田头。

大福大贵顺顺利利、健健康康地长大了，他们继承了父亲的高大和母亲的勤劳。我爷爷大贵甚至是村里个子最高的人（他的后代一代比一代矮，泪奔）。太婆领着他们忙活了一年，终于住进了亲自砌的土砖房，两个儿子也相继娶上了老婆。

我奶奶进门那天，太婆坐在椅子上，笑眯眯地接受了儿媳妇的拜见。族里人提醒新媳妇还得拜下公公，没有照片的话对着堂屋中间拜拜都行，太婆一下子沉了脸，说：“你七爷爷还没死呢，等他回来再拜不迟。”

4

我没有见过我爷爷，更没有见过我大爷爷，他们都在很久很久以前就过世了，久到我还没有出世，久到我妈妈都还没有嫁过来。

我大爷爷刚成家两三年，就得了一场暴病过世了。

他的死始终是个谜。

很多年以后，村里还是有人会议论他的死因，很多人认为，他是中了蛊毒才死的。

我爷爷活得比较久一点儿，死的那年刚刚四十岁。留下年轻的妻子和五个儿女，当时他最大的儿子，也就是我爸爸才十六岁，最小的女儿才两岁。

他也是生了一场暴病，不过由于他的活动范围从来没有离开过我们村，所以关于他的死因没有那么多离奇的说法，人们一致认为他就是病死的。至于生的什么病，连我奶奶也搞不太清楚，就是突然之间消瘦得很厉害，等到断气的时候，一米八多的个子瘦到骨头上只包着一层皮，轻得像个孩子，上山时抬棺材的人都说大贵爷可真轻啊。

太婆照例大哭大喊了一场，喊的话和上次差不多：“老天爷啊，你怎么不开眼啊，把我的大福大贵都带了去！老天爷啊，我求求你，收了我这个孤老婆子去吧！”

不过奶奶坚持说她哭得没上次那么伤心了，奶奶总觉得太婆更偏爱大爷爷一家。

爷爷走了不久后的一天，太婆去镇上割了肉，又杀了自家的一只老母鸡拿到奶奶家来，张嘴就掉下泪来：“今天是大贵的生日啊！”

鸡和肉被五个孩子风卷残云地干掉了，太婆和奶奶相对垂泪，为爷爷没有过上四十岁生日而遗憾。太婆一直认为，爷爷是胎里带来的先天不足，要是怀他时能吃得好些，没准就能长命百岁。

我奶奶和太婆一样，守了一辈子的寡。

我大奶奶不一样，大爷爷死了两年后，她就改嫁了。她有一儿一女，其中儿子是个遗腹子，是大爷爷去世后才生的。

嫁到隔壁镇上时，大奶奶带了儿子去，他还要吃奶，必须得跟着妈妈。女儿大一点儿，就留在家里给我太婆带。那年正是六几年闹饥荒的时候，男方家境也不好，带两个孩子过去负担不起。

我奶奶一家早就分出去单过了，我太婆就带着小孙女（也就是我大姑）一起过，有口吃的都先让着小孙女，粮食吃完了就上山挖草根吃树皮，两个人总算活下来了。

大奶奶改嫁半年后，太婆买了一包糖去看孙子。到了那里一看，大奶奶正在奶孩子，孙子瘦得只剩一把骨头了，坐在草丛里捉蚂蚱吃。

太婆心酸得不行，提出要带孙子回去。可是她那时已经是个老人了，又在困难年代，一个人养活不了两个孩子，无奈之下只得把孙女交给大奶奶带，孙女大些，也胖些，跟着妈妈活下去的机会也大些。

因为这件事，我大姑一直不能原谅太婆，觉得她重男轻女。面对大姑的指责，太婆没有辩解，她只是说：“不怪姑娘，只怪我这个老婆子没用。”

六一年的时候，我们村子里饿死了很多人。隔壁村的一个老头儿饿得受不了，就到我们这儿来向亲戚求助。他敲了很久的门，他姐姐一直没有开门，第二天早上起来一看，他已经饿死在门前放杂物的小屋里。

我不知道太婆带着我大爷是怎么熬过来的。听妈妈说，她那时偶尔还是有机会去别人家做媒，如果第二天确定要去谁家说媒，头一天晚上开始她就什么都不吃，等到第二天中午才在说媒人的家里敞开肚皮吃一顿。我猜想在那个年头，这样的机会并不多。

太婆一直是个眼泪只往心里流的人，可是那时估计是心里的苦水多得盛不下，只得往外面冒。妈妈说她总是背对着门切猪草，一边剁着猪草，一边拖长了声音喊："我的命咋个这么苦哩！"切一阵，又喊一句："我的命咋个这么苦哩！"

不管怎么样，太婆又一次熬过来了。瘦瘦的大爷也长大成人，还是那么瘦，太婆在风烛残年时，耗尽最后一口力气，为他娶了一个老婆。

5

我出生的时候，太婆已经很老很老了。

说不准她有多大年纪，七十多，还是八十多？总之就是看起来很老很老的样子，身上的衣服很旧很旧，还打着补丁，可是洗得干干净净的。

在农村里，太婆算得上是个有洁癖的人。湖南冬天天气阴冷，可再冷她也坚持每天都要洗澡，隔天就要洗头，床上的被子枕套半个月浆洗一次，连垫在棉被下的稻草都要过一两个月就换。

由于年轻时做过太多重活，太婆的背弯得像一张弓。天气好的日子，她就佝偻着腰，抱着被子衣服出来洗，一轮又一轮，不知要跑多少轮。家里的年轻人看见了，挺不耐烦地说："也太爱干净了一点儿。"

我一两岁时，太婆还是个干净体面的老人家，独自住一间小小的房子，自己烧饭自己吃。我记得她抱过我，有一次还把我架在她的脖子上，我老是不客气地撒了一泡尿在她头上。我去她的小房子里玩，她会在煮饭时倒一点米汤给我喝，偶尔还放点糖，很甜。有时她会在床底下的席子摸出一粒糖给我吃。小房子没有窗，只在本来应该开窗的地方抽掉了两块土砖，所以大白天走进去也是黑漆漆的。

我一淘气，妈妈就吓我说："把你关到小黑屋里去！"

我笑嘻嘻地说："我自己去吧，太婆给我吃米汤。"

我们家住的，还有大爷家住的房子都是太婆年轻时请人砌的，也是土砖房，不过比太婆住的小房子大得多，也有窗户，不那么黑咕隆冬的。谁也没觉得这样有什么不好的，我们那儿有一首民谣："新嫁娘，睡新房；旧嫁娘，睡旧房；爷爷奶奶睡楼上，噼里啪啦掉下来。"

一直到死，太婆都住在那间看不到阳光的小黑屋里。她撑了一辈子，可是在生命的最后几年里终于撑不下去，一步步走向崩溃。

先是没有了劳动能力，有次做饭忘了熄火差点把房子烧了，从那以后就和后辈吃。对于丧失了劳动能力的老人，后辈们即使嘴里不说，心里也是有几分嫌弃的。

我们和奶奶在一起吃，妈妈有时给我炖个排骨什么的，会给太婆送一份。太婆吃了排骨后一定会想方设法送点东西给我妈妈，有时是一捆柴火，有时是新摘的茶叶。就算再年老体衰，她始终坚持做个体面的老人，不愿意给别人带去麻烦。

可是老天剥夺了她最后一丝尊严。

太婆变得越来越迷迷糊糊，吃饭时一个劲吃菜（她以前从不这样），上完厕所忘记穿裤子，就那么赤身裸体走了出来。她已经认不清人了，她常常叫我爸爸“大贵”，有时又叫他“七哥”。我知道大贵是我爷爷，可七哥是谁呢?

生命中最后的一两个月，太婆卧病在床，大小便一度失禁。

那间曾经散发着米汤香味的小房子变得臭气熏天。一辈子干干净净的太婆就躺在一堆臭烘烘的被子里面。

我趁大人们不注意的时候去看过太婆，她躺在床上，脸上由于浮肿而微微发亮，她看见我，忽然叫出了我的小名：“呀，是毛宝啊！”在我们那儿，男孩小名都叫毛头，女孩小名都叫毛宝。

太婆在床上摸索了很久，想找一颗糖给我吃，但没有找到，她对着我抱歉地笑了。

后来想起太婆来，她永远都是那个样子，躺在床上，脸上是因为无能为力而抱歉的笑容。

从小黑屋回去后，我生了一场大病。出麻疹出得特别厉害，全身都是红色的点点，连续几天高烧不断，村里人都说没见过出麻疹出成这个样子的，都是因为太婆命硬，克死了丈夫，克死了两个儿子，现在又来克重孙女了。

我烧得迷迷糊糊，听见妈妈急得大哭。

等到我病好的时候，世界上已经没有太婆了。

临死之前，奶奶和妈妈给她洗了一个澡，等洗完澡，盆子里的水都黑了。

洗完澡后，太婆似乎清醒了一些，还问起了我的病。妈妈告诉她我全好了，她说那就放心了。奶奶和妈妈给她穿衣服，衣服还没穿完，太婆的身体已一点点变得僵硬。

据说太婆死前完全清醒了，还留了一句遗言才走。关于太婆死前最后一句话到底说了什么，奶奶和妈妈各有各的说法。

奶奶的版本是，太婆的最后一句话是“劳驾你们了啊”；妈妈则说，太婆最后是盯着门口，说“七哥来接我了”。

我总觉得奶奶的说法更靠谱一点儿，毕竟太婆是那样一个不愿意麻烦他人的老人，哪怕这个“他人”是她为之耗尽一生心力的家人。

6

太婆的丧事办得很隆重。

大家都说，太婆活了这么大岁数才去世，是喜丧啊，应该好好地办一下。

家里杀了两头猪，买了一头牛，流水席吃了三天三夜，隔壁村的都闻讯过来吊唁了。姑姑们合伙叫了几套锣鼓，其中大姑单独出钱叫了一套。

鞭炮放个不停，锣鼓敲个不断，大人们打纸牌的打纸牌，打扑克的打扑克，灵堂里笑语喧哗。太婆的黑白照片就挂在灵堂中央，还没有老年痴呆的她脸上挂着淡淡的笑容，宽容地看着她的孝子贤孙们。

大爷、爸爸还有叔叔们站在灵堂门口，见有人来了就下跪迎接，来的人总是一把搀起他们说：“七太婆活了这么大岁数，别伤心了。”

其实我看他们也没多伤心，哭灵时都是干号，眼睛都没红。

六岁的我和七岁的堂哥是年纪最小的孝子孝孙，我们也披着麻戴着孝，大人们忙得团团转，没空理我们。我们两个小人儿钻到了灵堂的桌子底下，拿着两片蚌壳，学着锣鼓队的人那样敲打，每敲打一次，就模仿着哭灵的人喊：“我的个太婆，你怎么死得这么早哇！”

村子里常常有丧事，我们听得多了，模仿得也惟妙惟肖，堂哥装作很伤心的样子喊：“我的太婆啊，你怎么抛下我走了哇？”

我跟着喊：“我的太婆啊，你没有享过一天福哇！”

堂哥喊：“太婆啊，你走了我们可怎么办啊？”

我也喊：“我的太婆啊，你走了谁给我糖吃啊！”

灵堂里的人哄然大笑。

我喊着喊着，想到太婆再也不会给我糖吃了，忽然有了一种由衷的悲伤，眼泪禁不住簌簌地落了下来。

7

太婆死了十几年之后，村子里回来了一些老人，我们叫他们“台湾佬”。

他们都是当年被抓壮丁的人，少小离家老大回，村子里的人已换了一拨，等了他们一辈子的父母也已经不在。

听一个台湾佬说，当时去台湾时，船太挤，决定放一些壮丁回来。我的太公那时是有机会回来的，可是他拒绝了长官的好意，他说：“我不回去了，我姐姐（他妈妈）不喜欢我，七嫂（我太婆）也不喜欢我。”

他跳上了去台湾的那艘船，再也没有回来过。漫长的岁月里，他甚至没有寄过一封信。他断送了妻子一生的幸福，也断绝了我们希望有个台湾太公衣锦还乡的幻想。

他口中不喜欢他的妻子一直守在他的家中，直到老死。她真的如他说的那么不喜欢他吗？

我怎么记得在我很小很小的时候，学了一篇《宝岛台湾》的课文，太婆听我读了这篇文章，问我：“台湾远不远啊？”

“当然远啦，要坐船的吧。”

“台湾有什么好的啊？”

“老师说，台湾是宝岛呀，有阿里山呀。”

“还有呢？”

“还有日月潭啊。”

“还有呢？”

“没有了啦。”

太婆太婆，等我长大了带你去台湾好不好？

台湾有七哥。

2 / 有月亮的夜晚

很多年不过中秋了。近年的中秋对于我来说，只是用来补觉的大好时机。今晚，站在阳台上，忽然发现月色这般可爱，禁不住动了出去走走的念头。到了小区外面，只见那轮圆月恰恰挂在树梢，有清风拂面而来，我端着杯雪糕，坐在台阶上一边吃一边贪看明月，浑然忘了此刻正处于闹市之中。如此良辰如此月，不禁把我带回了那些和月亮有关的美妙时光。

关于月亮最初的记忆，和我家后面的那座山有关。

小时候，爸爸在隔壁村的小学教书，常常带我去那所学校玩。由于家里离得远，我们时不时会早出晚归。放学后已近黄昏，为了回家赶晚饭，爸爸会带我从山上抄近路。有时候出发得晚，上山的时候只余半天晚霞，走着走着天色渐渐暗了，原本热闹的大山变成了一只安静的巨兽，只能偶尔听见乌鸦回巢时哑哑的叫声。小小的我伏在爸爸的背上，生怕深林中突然跑出来只吃人的老虎。

幸好还有月亮，白白胖胖的月亮慢慢地从大山深处升起来，越升越高，越来越亮，给山林这只巨兽蒙上了一层温柔的面纱。它虽然没有脚，却一直跟在我们后面走，它虽然不说话，却始终笑眯眯地看着我们，上弦月是微笑，满月是最灿烂的笑脸。有时候我觉得害怕了，抬头一看，月亮还在那里，一直都在那里，心里便会安定下来。

爸爸年轻时是个寡言的人，尤其不会哄孩子，短短的一段山路由于他的沉默而显得有些漫长。我有时闲得无聊了，就会嘟嘟囔囔地念着老人们教我的童谣："月亮粑粑，肚里坐个爹爹；爹爹出来买菜，肚里坐个奶奶……"一边念一边拿手指着月亮。这时爸爸每每会吓唬我说："千万不要指月亮啊，月亮婆婆会割了你的耳朵。"我吓得连忙去摸耳朵，一摸还是完整的，才放下心来。

后来我长大了，长成了叛逆少女，不再像以前一样伏在爸爸背上指着月亮念童谣，和我一起看月亮的换成了我的伙伴们。记得小学六年级的时候，数学老师突发奇想让我们晚上去补课，没想到不少人积极响应，晚上来了十来个人。那时教室里又没电，老师早早就走了，我们点着蜡烛煞有介事地做了会儿习题，没多久就烦了，盘算着要出去走走。

不知道大家有没有见过红月亮，事隔多年，我依然记得很清楚，那天晚上的月亮是红色的。我们一伙人肩并着肩，走在马路牙子上，远处有一轮红月亮冉冉升起，那么大，那么红，让那个夜晚显得如此不真实，只有年少时的快乐是真实的。

这个夜晚成了我生命中一个特别美好的月夜。多少年过去了，我还是能记起那一幕奇异的场景：一群十来岁的少男少女开开心心地唱着歌，走在窄窄的马路上，红月亮离我们是如此的近，仿佛一直走一直走，就能走到月亮之上。少年们追求的就是与众不同，还有什么比这轮特别的红月亮更能切合少年的心性呢?

我们碰到车子就大声尖叫，碰到下坡路就一路飞奔，高兴得快要疯过去了。乐极生悲，在奔跑的过程中，我不幸摔破了膝盖，鲜血淋漓，伙伴们都有点惴惴的，只有我还像个没事人一样，尽管痛得龇牙咧嘴，还是只顾得上傻乐。和少年时充盈的快乐相比，那点痛算什么，不像现在，对痛苦越来越敏感，一颗心只顾着感受疼痛，都匀不出空间来拥抱快乐了。

不管走到哪里，月亮都是我的最爱。因此读到李白写月亮的那些诗时，简直恨不得穿越去唐朝，和李白这个醉鬼推杯换盏，称兄道弟。像李白这种以自我为中心的人，基本上很难交到什么朋友，一辈子都在感慨知音难求，但他虽然孤独，却不寂寞，因为有月亮和他相伴啊。即使无人做伴，也能够举杯邀明月，对影成三人，峨眉山上的那轮明月，随他直到了夜郎西，为他解去了多少烦闷。

我也有过很多个独自和明月相对的夜晚。进入青春期之后，我和众多文艺少女一样，突然感到天地一沙鸥般的无限孤独，总觉得全世界的人都不理解自己，唯一相看两不厌的，就只有天上的那轮月亮了。

十几岁时，每逢过中秋，我通常会在月下独坐到夜深。且因舍不得那月色，经常会抱着一床凉席到天台睡觉。乡村的秋夜万籁俱寂，开始还有三两飞鸟，几声蛙鸣，到了夜半，鸟声、蛙声，甚至连秋虫的细语声都静了下去，只有我因为贪看月色，还兀自醒着。月亮逐渐西沉，我也渐渐睡熟了，在无边寂静中与溶溶月色融为一体。

记得刚考上师范的那个暑假，我常在天台睡觉。一天夜晚，正欲入睡时，眼前忽然掠过一只巨大的飞鸟，银白的羽翼在月光下闪闪发亮，这只鸟儿的行动是如此迅疾，倏忽而来，倏忽而去，一下子就消失在茫茫夜色中了。我几乎要怀疑自己是在做梦，紧接而来的是无尽的空虚，小小年纪的我头一次感到人生是如此虚无。后来读苏东坡的诗，“人生到处知何似，应似飞鸿踏雪泥，泥上偶然留指爪，鸿飞哪复计东西”，心头的震动像目睹飞鸟那夜感受的重现。

很多年过去了，我从乡村走向了城市，终日营营役役，不再有赏月的闲情。只是今夜，忽然一抬头，我才发现月亮还是那轮月亮，这些年来，尽管我不再痴痴地守望，它还是那样明晃晃的，一直亮在我的心上，从来都不曾失色。

当你被生活折磨得焦头烂额的时候，抬头看看吧，月亮就在那里，一直都在那里，只要你记着它，它就永远不会离开你。所以，暂且别想那么多，笃定地坐下来吧，吹吹风，想想往事，在这有月亮的夜晚。

3 我不想让你那么孤单

妈妈被骗了。

骗子的伎俩并不高明。只不过是利用了我妈作为一个异乡人的胆怯，就轻易骗走了她的手机和 300 块钱。

被骗后妈妈的神色几天来都木木的。眼睛不敢直视我，像做错事的孩子。小时候我不小心打破了家里的一只碗，就是这种表情。

看她怯怯的眼神，我不忍埋怨，只得安慰她说没事，不就一破手机和 300 块钱吗？努力的话我一天就挣回来了。我信口开河地胡乱安慰了她两句便转身去上班，还没出门，就听到一阵压抑的却又撕心裂肺的哭声。

我简直不敢相信自己的耳朵，在记忆中，我妈性格一直很坚强，哪怕和爸爸吵到天翻地覆时也不曾流过泪。现在，她居然哭了！我整个人僵在那里，不知道如何是好，这个伤心哭泣的女人，她是我的妈妈，我饿了渴了，向她撒娇；气了苦了，向她抱怨；喜了乐了，往往是最后一个和她分享。她就是我的靠山我的港湾，可此刻她如此伤心，我却不知道如何安慰她的苦楚。

我的母亲，未出嫁前是家中长女，一手带大了几个弟妹，出嫁后是家中的顶梁柱，硬是把我们家从贫困线上拽到了富裕边缘。她在我们村子里是出了名的女强人，高中文化，喜读书报，头脑精明，数年来一直担任大队会计，从未受任何人欺负。可在这异乡，她却轻易地被骗了，我可以想见她的羞耻，无处诉说的羞耻感。

上完班回家，妈妈的眼睛是红肿的，显然是背着我偷偷哭了，我无从安慰，只有装作没看见。

夜晚，我们睡在一张床上，两个人都翻来覆去不能成眠，将床压得吱吱作响。妈妈是念着我一个人漂泊在外，特意赶过来照顾我，刚一来她就把我租住的小屋收拾得纤尘不染，每天学着广东主妇煲汤给我喝，只为了能让我在他乡也有家的感觉。被骗的挫败感还在其次，她一定是为自己给我“添麻烦”而感到不安了。

印象中，这是我第二次看见妈妈如此伤心落泪。

第一次是外公去世的时候，她伏在棺材上，号啕大哭。她絮絮地向我说起外公的生平琐事，他冬天常穿的那件老旧的棉衣，他临终时那双没有合拢的眼睛，她说眼看着大家都要过上好日子了，为什么你外公却享不了这个福呢?

那几个夜晚，妈妈守在外公的灵前寸步不离。累极了的时候会沉沉睡去，虽然脸上已有深深皱纹，可睡容柔弱得像个孩子。我夜里起来，总会记得去给她盖一床薄被。

从那次开始，我才开始意识到，在我眼中一贯强悍的妈妈也有脆弱无助的时候。

这次异乡被骗的经历，又让妈妈重温了那种无助的感觉。所以她才会在深夜辗转反侧吧。

福无双至，祸不单行。

第二天，突然发现租的房子停电了。

房东说电费已缴，我拿着一根筷子在电闸那里乱戳了一阵，家里还是一片黑暗。不知道线路出了什么故障。我无力地倒在了床上。

妈妈自告奋勇叫来了保安，保安又叫来了电力工人，总算把电路修好。只是短路造成跳闸而已，小得不能再小的问题，只是我们无力解决。

电灯亮了，妈妈在厨房里忙着，无声无息。

我抱歉地站在她身后，抱歉地叫了一声妈，并无多话。

我可以想象，不会说普通话、听不懂白话的她，费了多少口舌才叫来保安。而我，只会倒在床上哼哼唧唧。

不一会儿，饭菜的香味从厨房传来。

妈妈的背影在灯下居然有几分佝偻。这个我世上最亲近的女人，她会一天天老去，衰弱，有一天，她会恢复成婴儿的状态，喜欢生气，需要人的照顾。想到这些，我的眼泪一下子掉了下来。从那天开始，我决定好好珍惜上天赐予我们母女相处的时间，学着去疼她、爱她，就像她这么多年来一直疼我、爱我那样。

尽管工作还是很忙，我还是开始抽时间陪妈妈去买菜，仔细地挑选着水灵灵的白萝卜和嫩生生的小白菜，为几毛钱和菜贩讨价还价。我每次都想买一堆回去，妈妈却说菜要吃新鲜的就得每天来买，其实我知道她是珍惜我们母女一同买菜的时光。

每个到异乡来陪儿女的母亲也许都像妈妈一样孤单吧。一台小小的彩色电视机是妈妈唯一的伙伴，闲得发慌，她甚至为我织起了毛衣。其实南方的天气基本用不着穿毛衣。每日三餐她变着花样给我做，尽管听不懂本地台的白话，她硬是从电视上学会了近三十种汤水的做法。

因为住得离单位近，我三餐都在家里吃。每次刚走近租住的小屋，妈妈早把门打开了虚掩着等我。她笑着说我走路的脚步声太重，上楼像小老虎上山，光听咚咚咚的声音就知道是我回来了。

为了让她开心，我吃饭也像小老虎，喝完了汤还要伸出舌头舔一舔，她责怪我没个女孩子样，笑容却分明是欢喜的。

住的地方附近有个兴中园，一到傍晚便热闹得很。老头老太在音乐声中翩翩起舞自得其乐。我怂恿妈妈也去跳，她却只敢站在一旁看，羞怯地笑着，像我小时候跟她去省城，拉着她的衣角一样羞怯。

拉不动她，我只好身先士卒地加入了老头老太的行列，使劲儿扭腰踢腿，妈妈看着我，眼睛中的神色又骄傲又宠溺。在家里时，她倒会缠着让我教教腰怎么个扭法，腿怎么个踢法，可一到了人多的地方就不敢上场了，只在一旁看我跳。她说，光是看看，也蛮开心的了。

那个园子中跳舞的老人也有外地的，有一夜，妈妈和一个河南来的老太太一见如故，站在树下南腔北调地聊了好久，由于都是来照顾在这边工作的单身女儿的，两人的话题特别多。

两人聊完后，妈妈还意犹未尽地跟我嘀咕说自己的普通话太差，妨碍了交流，回头得补补拼音，这样才能在城里找到朋友。翌日晚上，妈妈等了好久，那个河南老太都没有来，后来，她一直为没有留下对方的电话号码而遗憾。

异乡的生活是如此强悍，我们母女俩是如此卑微。我们就像两只小小的蚂蚁，要紧紧靠在一起才会略略感到不那么孤单。因为有繁重的工作要做，在工作之余，妈妈的陪伴很大程度上缓解了我的孤单，我误以为，只要我抽时间多陪她，她或许也不那么孤单吧。

直到那天听见她和爸爸通电话，细细地询问家里的情况，葡萄成熟了吗？今年邻居家可有种玉米？家门口的池子换了几次水？村子里那个没妈的孩子考上大学了吗？我这才知道，她的心，她的根都在家乡的那个小山村里，只有在那里，每一个把酒话桑麻的日子都会过得那么充实，每一个邻居都让她备感亲切，每一件琐事她处理起来都游刃有余。只有在那里，她才可以恢复到自信、快乐和强悍的模样。

我决定让她回家，偷偷地为她买了回家的火车票。在她停留在这个城市的最后几天中，陪她逛了一次商场，去了一次孙中山故居，买了几次菜，跳了几次舞，买了大包小包的衣物和零食送她上车。

临上车时，妈妈突然眼红红地问我："是不是我做得不好，所以你要送我回去？"

我忍住眼泪，拼命地摇头，递给她一个手机。她惊喜地接过："哟，这和我以前用的那个一模一样。"我说："就是你的那个，我托公安局的朋友抓住了那个骗子找回来的。”

她如释重负地笑。

在火车上，她细看这个手机，会发现我说了谎，我哪有那么通天的本事找回她被骗的手机，但我相信，她是不会戳破这个谎言的，她想从我这里得到的一直都只是我的爱和信赖。手机失而复得，证明她仍是我强悍的妈妈，我不变的靠山。

火车就要开动了，她絮絮地嘱咐我在外一切当心，说一个人撑不住就打电话叫她过来，过两年等我成了家她就过来给我带小孩。

火车开动了，她微笑的脸越来越模糊，我向前奔跑着，大声地向她喊出："妈妈多保重！"

火车轰隆隆的声音掩盖了我的喊声，这样很好，我从来都羞于表达自己的感情，但这一刻我终于说出了我的心声。

我只是不想让你那么孤单。我知道你也是。

4 那些年，我们一起追过的 TVB

消失了很久的蓝洁瑛又一次成了媒体焦点，微博上满屏都是有关她被两个娱乐圈大佬强奸的消息。美人真是不能落魄的，一落魄就满脸憔悴。网友们都说，想当年她演《大话西游》中那个蜘蛛精春三十娘时，是何等的美艳。

只能感叹说网友们普遍太年轻了，像我这种上了年纪的人，最念念不忘的反而是蓝洁瑛在港剧《大时代》中的扮相。在那部剧里，她饰演的角色叫琳姐，已经不算太年轻了，可风韵更佳，微博上热传一张《大时代》众女星的合影，蓝洁瑛完胜当时的周慧敏、郭蔼明、李丽珍们。

现在想起来，我对那部剧印象最深的一幕就是琳姐在临死前，满脸是血地趴在地上，挣扎着去捡当年刘松仁给她买的那枚戒指。这个时候，镜头闪过刘松仁死前拼命为她套上戒指的画面，同时响起那首《容易受伤的女人》。

小时候看这段时感动得不行，现在想来，这其实是港剧固有的套路，在高潮处总是会回放往事，配上煽情的插曲，可即使是很多年以后，看到这一幕眼睛还是会有点泛湿。

相信我提到的这一幕很多 70 后、80 后都记忆犹新，那里面沉淀着我们的少年往事和集体记忆。我们都是看着港剧长大的一代人啊。

有时候想，如果没有港剧的陪伴，我的少女时代是多么的苍白。九十年代的湘中小镇是那样封闭，站在山顶上往远处眺望，看到的还是山，连绵不绝的山。幸好那时候已经有了录音机和卡带，也有了地方台和录像厅，于是我看到了那样光鲜的一群人，他们的声音出现在盗版磁带中，他们的身影活跃在黑白电视上，他们浅吟低唱，快意恩仇，整个世界的五彩缤纷随着他们的出现一齐涌现到我面前。

当时的电视只能收到两三个台，而且大多数时候都布满了雪花点，和现在的高清电视完全不可比拟。可那个小小的四方匣子里，装着一个多么神奇的世界啊。那个年代的地方台还不规范，主要业务是播放人们点播的电视剧或歌曲，一个晚上下来，能放个四五集，中间基本也不插播广告。这简直是一场为电视迷们准备的饕餮盛宴。

你还记得你看过的第一部港剧吗？我的是《楚留香传奇》。那时候，只要“湖海洗我胸襟”的主题曲一响起，我就会急急摞下饭碗，飞奔到邻居家，当时只有他家有电视机。这个时候，电视机前已经坐满了人，都两眼放光地盯着小小的屏幕。那个叫香帅的男人，白衣飘飘，手拿折扇，在江湖中纵横自如，算得上是我的荧屏初恋了。即便是多年之后，那个男人老了，做过一些负心的事，但在我心目中，他仍然是风流倜傥的化身。

后来看广东朋友写的日记，用“电视捞饭”来形容那段追港剧的日子，真是神来之笔，只是在那样精彩的剧集面前，连眼睛都舍不得眨一下，吃起饭来更加不知道进口的是什么滋味了。

最初热播的港剧都是古装武侠戏，《绝代双骄》《射雕英雄传》《日月神剑》《边城浪子》《剑魔独孤求败》等。用现在的眼光来看，这些武侠戏未免制作太过粗糙，但胜在元气淋漓感情充沛，总是有种真挚动人的力量。我想说的是一部相对来说较冷门的武侠剧，周润发版的《笑傲江湖》。

发哥当年饰演令狐冲还稍嫌青涩，不如他在电影里那样挥洒自如，如果年长两岁，以发哥的倜傥不羁，应该能演出令狐冲的神韵来。扮演岳灵珊的是戚美珍，她有一双幽怨的大眼睛。我记得有一次令狐冲和岳灵珊一起捉萤火虫，两人在流萤中翩翩起舞，画面特别有意境。令狐冲一口一个“小师妹”更是特别缠绵动听，那时我多想能够远赴华山去练剑，找到一个能够叫我“小师妹”的人。这部剧的主题曲是我特别钟爱的，现在心里烦躁时也爱听这歌，一听心里就静了下来，网友们可以上网去搜一下，是叶丽仪和叶振棠演唱的《笑傲江湖曲》。

等我读初中时，时装剧取代了武侠剧，成为港剧的主流。我可以一口气数出以下经典剧集：《笑看风云》《大时代》《巨人》《92 钟无艳》《第三类法庭》《婚姻勿语》《天地男儿》《银狐》……

看过这些剧集的人，对这些台词一定不陌生——

“做人嘛，最要紧是开心！”

“坐下来，一家人整整齐齐吃顿饭多好。”

“人在做，天在看！”

“有空回家喝汤。”

“我给你煮碗面吃好不好啊？”

……

是不是特别接地气特别有人味？看港剧就是这样，很少说教，但蕴含着一种朴素的伦理观和价值观，把家庭看得比什么都重，一律追求大团圆。港剧女主角不像台剧女主角那样嗲，也不像大陆剧女主角那样作，港女外表知性，骨子里很传统，在职场上叱咤风云，回到家里则安于相夫教子，所以即使拍《我的野蛮婆婆》，婆媳之间也不可能像大陆婆妈剧那样势不两立。

看港剧长大的人，也和迷恋台剧韩剧的那拨人不像是同一类生物。港剧多多少少留下了它的烙印，在我们的一言一行中，我们这样的人口味难免草根化大众化，喜欢节奏明快感情浓烈的事物，对通俗文化多多少少都有点偏爱，至少不会排斥。曾经和一个同事讨论过香港，她斥之为文化沙漠，我顿时觉得有条河在我们之间流淌，波浪宽广。

很多年以后，我爱在一个名叫天涯社区的论坛游荡，这才知道，原来那些当年觉得精彩得不得了的剧集，都是一个叫作香港无线的电视台拍摄的。爱它的人们叫它 TVB（《银狐》是亚视拍的，堪称亚视的翘楚，黄日华不只演过郭靖萧峰，他还演过段绍祥呢，超爱伍咏薇扮演的颜如玉啊）。

我们都是看着 TVB 长大的一代人啊。

那时候的梁朝伟还是青春正太一枚，走的是活泼跳脱路线，演完了韦小宝又演小鱼儿，并不像以后那样着迷于运用他的忧郁迷人眼神；那时候的古天乐还是白面书生，在各种剧集里面惊鸿一现地打着酱油；那时候的蓝洁瑛还没有疯癫，《大时代》中的琳姐简直是美的化身；那时候的星爷还是星仔，在《盖世豪侠》中没心没肺地说“吃个包子，喝杯茶，坐下来慢慢谈嘛”……想当年，为了追看《盖世豪侠》，我们小六班的同学做出了集体旷课的“英勇”决定，蓝洁瑛在这里面演过一个叫雪雁的姑娘，是周星星同学暗恋的对象，据说在现实中他也追求过她。

那个年代的香港正如日中天，作为一个与广东毗邻的省份，当时的湖南深受香港流行文化的辐射，省台甚至有个叫“跟我学白话”的节目，每天半小时，我就是从这个节目学会了“雷吼”“唔该”之类的简单白话，全中国人民都以会说粤语为荣。

就是从这些剧集开始，我深深爱上了那个叫作香港的地方。从电视里面来看，生长在那里的人们活得那样精彩，有了酒吧、豪宅、大海、游轮、股市这些事物做背景，似乎爱和痛都格外惊心动魄。

曾经有个叫艾敬的姑娘披着长发抱着吉他笑嘻嘻地唱：“香港香港你怎么那么香”，我听到时猛然间明白了，年少时为何会对香港的歌香港的影视那么着迷，那都是因为，那个年代的香港对于我来说繁华得不可触及啊，出生于七八十年代的人，谁敢说自己没有过香港梦呢？

成年后的我终于南下，与传说中的花花世界仅隔着一条河。只是那个世界仿佛在一夜之间失去了它的光彩，全中国人民不再学唱粤语歌，广州都在讨论是不是应该废除粤语节目，亚视撑不住倒闭了，TVB 也在摇摇欲坠中。

听大家讨论《冲上云霄》，对我来说已经很陌生了。我对 TVB 的最后记忆停留在当年那部风靡两岸三地的《金枝欲孽》里，这才是宫斗戏的经典好不好，比较起来，《甄嬛传》里面那些斗智斗勇的桥段真是弱爆了。

是现在的港剧比不起以前了吗？不是的，现在的投资制作和以前相比不可同日而语，任何事物经过时光的洗礼，都会镀上一层难以磨灭的光芒。还记得有一次在小饭馆里面吃饭，恰好有个怀旧的电视台在放《笑看风云》，那一集是说包文龙向烧得满身裹着纱布的林贞烈求婚，同座的 90 后小姑娘撇着嘴说：“哎呀，拍得太假了！”我附和着说：“是啊，好假好假。”眼里却陡然一湿，要极力控制住才能不让泪水掉下来。

小姑娘当然不知道，当年这部剧播出的时候，称得上满城争议万人空巷，那时我比她现在的年龄还小，守在电视机前没日没夜地追看，为了学林贞烈还养了条狗。

那是港剧的流金岁月，也是我们的流金岁月。

5 手足

突然接到爸爸给我的电话，说弟弟这几天在学校里很不听话，居然发展到连教室也不想进了。我感到很吃惊，还过十来天就要高考了，这种行为简直是不可理喻。我埋怨爸爸平常太娇纵弟弟了，要挂电话的时候觉得语气太重了，又随口安慰他不用太担心，弟弟已经这么大了，自己的事只有自己负责。爸爸还想说什么，最后却只说了句："如果弟弟给你打电话的话，你就劝劝他吧。"挂完电话，我想着放暑假回去一定要好好地训训弟弟，这么大的人了，不能再让父母太操心了。因为是期末了，我忙着写手头的论文，整天都泡在图书馆里，很快就把这件事忘了。

夜里不知怎么回事，一直睡不着。脑子里断断续续地想起弟弟的一些事来。突然发现我记不清楚他现在的模样，一想起弟弟，最深刻的印象就是他小时候的样子。我比弟弟大七岁，小时候他长得很美而我一点儿也不。他有着比一般小孩还要白得多的皮肤，淡褐色的头发和眉毛，褐色的眼睛大而天真。夏天他总是穿小褂子和短裤，露出圆滚滚的胳膊和腿，大人们总是喜欢捏他的腮帮子，夸他长得像瓷娃娃。我也觉得弟弟长得很漂亮，他的上臂因为打疫苗有一个圆圆的痘疤，我对这一点尤其着迷。

弟弟的出生让我猝不及防。我从小就是那种很孤僻的孩子，不合群，老是一个人玩。弟弟却喜欢黏着我，我走在前面，他就会在后面一直跟着我。他小小的个子，圆胳膊圆腿，走得特别慢。我虽然对他十分不耐烦，但因为妈妈吩咐我照看他，也只有容忍这个小尾巴的存在。我记得有一次，我带着他去山里摘野果，山路特别崎岖，我让他待在一个地方别动，自己一个人去更密的山林里面摘果子。也不知道过了多久，当我意识到要回家时天已经快黑了，我在山里转了很久才找到弟弟。他靠在一块大石头上已经睡着了，脸上还有尚未干涸的泪滴，显然是因为害怕哭得累了才睡着。月亮已经出来了，淡淡的月光照在他的白皮肤上，看起来晶莹剔透。我第一次对他产生了一种怜爱之情。

我没有叫醒他，背着他回家了。因为睡着了，他很沉，可我还是坚持着把他背回了家。那时候家里生活不是太好，妈妈的脾气就很暴躁。看见我这么晚回家，弟弟的衣服也弄得很脏，她二话不说就拿着一根鸡毛掸抽了我几下。弟弟被惊醒了，睁着一双红红的眼睛，茫然不知所措。劳累和委屈再加上挨打的痛楚使我十分恼怒，我从来都是那种很娇纵的孩子，因为弟弟的到来，平白无故地受了许多打。我对弟弟突然仇恨起来，猛地冲到他面前，狠狠地给了他一个耳光。

弟弟惊呆了，捂住脸哇地哭了起来。妈妈更气愤了，抓住我没头没脑地一顿猛打。我也不反抗，也不躲避，只是一直仇恨地看着她和弟弟。我觉得妈妈已经不爱我了，不爱我的原因，是有了弟弟。

晚上我赌气没有吃饭，早早地就睡在了床上。夜晚睡得迷迷糊糊的时候突然感觉有人在推我，睁开眼一看，弟弟站在我的床前，大大的眼睛里满含着泪水。我不耐烦地推开了他，呵斥着要他走开。弟弟怯怯地问我："姐姐，你是不是很痛？"我哼了一声，根本就不想理他。他又向前走到了我身边，伸出手，慢慢地张开手掌，说："姐姐，这个给你。"

那个夜晚月光很亮，我看见他手心里有一颗奶糖。要知道，在那个时候的农村，我们这些家境贫寒的小孩是很少能够吃到糖果的，何况是这种特别珍贵的奶糖。奶糖摆在弟弟胖乎乎的小手里面，包装的玻璃纸在月光下闪闪发光。我注意到弟弟的脸上还印着五个红红的手指印。

"你痛吗？"我轻声问。

"我一点儿都不痛。姐姐，这颗糖很甜，你吃了就不会痛了。"弟弟说完，把那颗糖塞到我手里，就飞快地跑了。

那颗糖的滋味我已经淡忘了，但是后来只要一想起弟弟，他就永远保持着三四岁的样子，胖胖的手和腿，大而天真的眼睛，所有的人看见他都忍不住想亲亲他，所有的人都爱他。

也许正因为这样，我从来都不怎么关心弟弟。包括我的父母也一样。一个家庭总是会特别关注那个弱一点儿的孩子，我的叛逆任性和孤僻早熟让父母把更多的精力和爱倾注在我身上。弟弟却一直是那种顶健康活泼的男孩子，爱好广泛，性格开朗，走到哪里都受人欢迎。传为美谈的是在他小学六年级的时候，老师布置一篇作文叫《我最喜欢的人》，全班百分之九十的同学写的都是他。

我忘记了，在本质上他和我还是惊人的相似。我的名字是媚，他的名字是俊，爸妈给我们取名时希望我们长得美丽。他们忽略了，所谓媚，所谓俊，都是一种极端脆弱的美丽。所以我和弟弟，都是白皮肤，大眼睛，忧郁而敏感的神情，暗示着极端脆弱的心灵。敏感的人，对于生活的苦难总是有着异常丰富的触觉。尤其是在青春期，成长的烦恼往往会聚成危险的暗流。

我想起我年轻时在黑暗中独自流下的那些泪水，因为对感情和人性甚至生活的失望而经受的苦痛。不知不觉中，眼泪忍不住掉了下来。我的弟弟，我一直以为全世界的人都会把他捧在手心，难道他也要经受我曾经的那些苦痛吗?

一夜无眠，第二天一大早，我就搭上了回家的车。赶到弟弟学校时已是傍晚了，我茫然地在校园里转着圈。弟弟就要毕业了，三年来，我从来没有看过他，我根本就不知道他的教室和宿舍在哪里。

最后在体育场上我发现了弟弟。他正在踢球。空旷的足球场上只有他一个人，夕阳把他的身影拉得格外孤单而修长。

我的到来似乎使他很惊讶。他领着我到校外的一个小餐馆吃饭。我叫他点菜，他点了两个菜，辣子鸡丁和孜然牛肉。菜很合我的口味，他却吃得很少。我给他夹菜，他却说太辣了，吃不下去。我才想起，一直以来他都吃得很清淡，这两个菜，分明是给我点的。

弟弟就坐在我的面前。苍白清秀的面容，褐色的眼睛疲惫而忧郁。我开始问他在学校的情况，他回答得不多，无非是高考的压力，学业的繁重，在他看来老师的某些不公平的举动。在他的诉说中，我看见了十七岁的自己，浑身长满了触角，一个冷眼，一句笑话就能在我心中掀起轩然大波。我只想告诉弟弟，你不要怕，尽管这个世界不符合我们的理想，但是我会一直在这里陪着你，你不是一个人，你不会孤单。我想抚平弟弟眉心的郁结，多年前那个忧郁的十七岁少女没有人理会她的泪水，我不愿意弟弟再有这样的经历。

但是我什么也说不出来。我只是空洞地说着一些安慰和开导的话，完全没有任何意义地重复着。走的时候，弟弟犹豫了一下，终于忍不住问我：“姐姐，我是不是特别不招人喜欢？”我猛烈地摇着头：“当然不是的。”我话还没说完，他已经走了。

我的喉头突然哽住了，我想叫住他，告诉他，这个世界上，绝对不可能人人都喜欢你，但是至少在我心里，你永远是那个天使一般的小男孩，所以，请你千万要喜欢自己，爱自己，不能因为个别人的否定而否定了自己。可是我一句话也说不出来。我只是看着他慢慢地消失在我的视野里。

回到家里，爸妈对我的到来很惊讶，也很欢喜。多少年来，我一直是他们心头隐隐的痛，他们害怕我伤心，害怕我颓废，害怕我放弃自己，害怕我为所欲为。好不容易我开始步入了生活的正轨，他们又要为弟弟承担着同样的害怕。弟弟的转变是如此迅速，以至于他们完全措手无策。而我，终于以一个成年人的面目出现，在关键的时候给了他们一点儿支持。

夜里我就睡在弟弟的小屋里面。这间小屋以前是我的房间，我曾经在墙上贴满了各种明星的画像。弟弟也喜欢明星画，只是换了一批新面孔，只是在最显眼的地方，已过了风华正茂年龄的刘德华仍然保持着他亘古不变的微笑。年轻时的华仔曾是我少女时代的梦，我早已过了追星的年龄，弟弟却传承着我对他的喜爱。

抽屉里面放着弟弟各式各样的东西。我打开了一本相册，首先是他小时候的照片。胖乎乎的身子，圆圆的脸，大而稚气的眼睛。有一张照片是我和他还有爸爸一起照的。爸爸年轻而英俊，我牵着弟弟的手，微锁眉头，一副倔强的表情。弟弟笑得很灿烂，奶油色的皮肤仿佛还闪着象牙般的光泽。

再就是他读小学时的照片，大多数是集体照，有穿着运动服的，还有脸上化着浓妆，穿着一身大得不合身的演出服的。弟弟在小学阶段一直是老师和同学的宠儿。他喜欢参加各种体育和文艺活动。由于他上学早，年纪比一般同学小，加上个子矮，学校排球队的老师不愿意收他为队员，他就一个人拿了个排球默默地练，这样坚持了两个月，他手上的虎口处皮肉完全裂开了，手上满是宽宽的裂痕，里面深红色的肌肉清晰可见。老师被感动了，收了他作替补队员。到六年级的时候，他已经是绝对的主力了。

小学时的弟弟完全还是一脸稚气，但是他的眼神开始变得神彩奕奕，不再是那么一派天真。

看到他初中时候的照片我颇有一点儿触目惊心的感觉。那几年我正处于人生的低谷，完全忽略了他的存在。我的弟弟就在那时完成了从一个人见人爱的孩童到苍白忧郁的小小少年的过渡。他的下巴明显尖了，头发留长了，不再微笑，嘴角抿得很紧，眼神飘忽而凌厉。大多数都是单人照，即使是在人群中，他也显得过分地桀骜不驯。

我也记不起那时候他是否有过什么过激的行为。因为全家包括我自己都把注意力集中在我的身上。现在我知道，他蜕变的痛应该始于那个时期。

抽屉里面还散乱地放着几张生日贺卡，几封信。我没有去看上面写的是什么，我只是感到特别羞愧，我从来都记不清弟弟的生日，更不用说给他买过什么生日礼物。

我记得弟弟是给我买过生日礼物的。那是他刚刚读初中的时候吧，我生日时他兴冲冲地拿着一个手机链送给我，我当时很烦，嫌那个手机链太土，警告他以后不要乱买东西就随手放在抽屉里从来没用过。

我看不到弟弟眼中的黯然，我也听不到他送我东西时话语中的兴奋，或者是我根本不想看也根本不想听。我一直以为自己是孤单的，甚至沉浸在自己的孤单里面不能自拔。而弟弟，总是顽强地想把我拉出一个人的世界。

我是那种运动白痴，随便什么球都不会打，只有弟弟愿意在大热天拉着我去打球，哪怕往往只是在重复不断地捡球；我很懒，爸妈不在家的时候总是弟弟煮好面叫我去吃，为了迁就我的口味，他总是在面里加大量的辣椒；我很自卑，可弟弟总固执地认为我是一个最最聪明漂亮的女孩子，在那篇全班百分之九十的同学写的是他的《我最喜欢的人》的作文中，他写道："我的姐姐有一双会说话的大眼睛，脑子里装满了知识，她会给我讲很多奇奇怪怪的故事，我的姐姐与众不同。如果有一天我有钱了，我想和姐姐一起去月球旅游，我爱我的姐姐，她是我最喜欢的人，我愿意和她分享所有的好东西。"

我愿意和她分享所有的好东西。是的，他愿意把所有的好东西和我分享。美味的糖果，好听的歌，精彩的电影和小说，一个他认为最别致的手机链。如果我感到痛，他会把仅有的一颗糖给我，他说："糖很甜，姐姐，你吃了它就不会痛了。"他不愿意看到我痛，他只想让我快乐。在他小小的天真的心里，我是他的姐姐，他全心全意地爱着我。

可是我拒绝了他的爱，拒绝了他带给我的爱和温暖。那颗糖很甜，却溶化不了我的忧伤。我忘记了，他也会痛，他也会感到孤单。

夜里很晚才睡着。然后就梦见了弟弟，他还是三四岁的模样，一个人站在空旷的山上，哭得满面泪痕，我听见他说："姐姐，你不管我了吗？我很乖，你带我回家。"他大而天真的眼睛那样无助。我想抹去他的泪痕，背着他一直走，一直走到家。但是他好像处于我的梦境中，我只能作为一个梦境的旁观者，看着他哭得肝肠寸断而无能为力。

亲爱的弟弟，你知道吗？你一哭，我就会流泪；你一受伤，我就会疼痛；如果你笑了，我心底就会盛开一朵小小的花，开得洁白清香。

我们体内流着同样蓝色忧郁的血，只有爱和温暖才能将它染成红色。我们是 baby，不愿意长大，只想永远停留在童年的幻影之中。

但是爸爸妈妈已经不再强悍了，他们不再能够为我们遮风挡雨，他们日渐衰弱。所以我们必须一起长大，我们要变得足够强悍，如果风雨来了，不能让它伤害了爸爸妈妈。

父母通常情况下只能陪伴我们的前半生；爱人又只能共度后半生；只有你和我，见证了彼此所有的成长，我终于明白了什么叫作手足。左手如果疼痛麻木，那么右脚也一定会疼痛麻木。手和足看似两不相干，是两个独立的个体，共同的血脉却将它们紧紧地联系在一起，无论隔多远，它们都能感应彼此的疼痛和孤单。

小时候，你给了我一颗糖；作为交换，我愿意拿我的余生来好好爱你。

6 食不同不相为谋

这两天广东一下子从夏天过渡到了初冬，早晚时空气中已有凉意，单穿一件长袖 T 恤有点冷了，走在风里，忽然特别想吃火锅。冬天到了，能够吃上热气腾腾的火锅，不管锅里煮的是什么都是件美事呀。

真是人同此心，几个朋友开通了微信群，某人在群里振臂一呼：天冷了，我们组团去吃火锅吧！群里潜伏着的小伙伴们一个个蠢动起来，纷纷“好哇好哇”地热烈响应。

选的地方是一家重庆火锅店，小小的门脸，居然坐满了人。在四季如夏的广东，火锅店只有在偶尔天凉的时候才会有这样的盛况。还没进门，花椒的香味就扑鼻而来，几个人一落座，就嚷嚷着点起菜来。牛羊肉是必须点的，黄喉、毛肚、鸭肠也不能少，有人大叫着“来盘猪脑花”，说话的是个淑女，没想到口味倒很兼容并包。

没多久，火锅端上来了，上面覆盖着一层鲜红的干辣椒，红得让人很有食欲。电磁炉调到最大，锅里很快咕嘟咕嘟地冒起热气来，切成薄片的羊肉往里面一涮，马上就可以捞出来吃了。一群人拿着漏勺在捞，捞出来的多半是辣椒。“急死我了，羊肉都成漏网之鱼了。”有个年轻小伙子不耐烦了，直接用上了筷子。大伙儿看着他猴急的吃相，都不甘落后，筷子齐刷刷落下，一夹一个准，羊肉很快就吃完了。做东的一看势头不对，立马加了几盘。饶是这样，服务员上菜的速度仍然比不上我们吃菜的速度。

牛羊肉放进锅里一烫就能吃，毛肚、鸭肠更娇贵，得放在漏勺里涮着吃。还是那个性急的小伙子受不了，端了盘鸭肠直接倒进去，片刻之后再来捞时，鸭肠已经散入辣椒之中难觅影踪了。混战中我捞了一勺猪脑花，这玩意儿煮熟之后貌似没那么面目可畏了，吃进嘴里，滑滑嫩嫩的，倒是别有一番风味。这么风卷残云地猛吃了一阵，等到土豆、豆腐下锅时，大伙儿已经有了三分饱，速度终于放慢下来，忙着吃的嘴也可以腾出空来，就着火锅的蒸气热热闹闹地聊聊八卦。

火锅真是冬天的恩物啊，我能够想到的关于冬天最温馨的画面，就是和三五好友围着热气腾腾的火锅边吃边聊。不瞒你说，头一次看到“围炉夜话”这四个字时，我几乎下意识地将这个“炉”和火锅直接挂钩，吃货的本色真是怎么也改不了啊。

最爱吃火锅的应该是四川人。我们湖南老家吃火锅的风气并不浓厚，可我小的时候，家里竟然有一只铜制的火锅，每逢冬天下雪的时候，爸爸就会把它拿出来，擦得锃亮锃亮的，在锅底烧些木炭，给我们做火锅吃。童年的雪似乎特别大，记忆中窗外下着鹅毛大雪，北风呼呼地刮着，我们一家人围在桌边吃着火锅，木炭烧得红红的，不时发出滋滋的响声，不但不冷，还觉得暖和极了。

用木炭的火锅并不方便，不时要加炭，而且火力不好控制。后来有了电磁炉，这只老古董火锅就被淘汰了，却再也没有了看锅底火炭明明灭灭的情致。电磁炉的容量比铜火锅大多了，这时我们家吃火锅甚是豪迈，牛肉论盆切，大白菜粉条之类的都是用桶装。通常除了家人外，还有不少客人，在湖南农村很少有吃火锅的机会，好不容易吃一次，大伙都甩开膀子一顿猛吃，大冷的天，男人们吃着火锅喝着酒，头上竟热得冒起了白气。

在众多饮食品种中，我认为火锅是最讨喜的了，讨喜在易操作、好吃，能够让人品尝到尽可能多种类的食品。而且吃火锅是朋友间拉近距离的最佳方式，大伙儿的筷子在一个火锅里挑拣过，似乎关系也亲近了不少。

头一次听说有人不爱吃火锅，我差点儿没惊掉了下巴。世界上居然有人不爱吃火锅？这是多好吃的东西啊！面对我的质疑，此人一本正经地回答说："我觉得什么东西都放进锅里去煮，煮到后来都失去原味了，而且你不觉得，那么多人在一个锅里吃东西很不卫生吗？"

我打住了想告诉他"世界上有种东西叫作公筷"的冲动，在遥远的古代是没有公筷的，人们照样爱吃火锅，火锅的精髓就在于你中有我、我中有你的浑然一体。当然，有洁癖的人是无法体会此中妙处的。

不知道是不是因为我们的饮食品味不同，从那以后，我和此人就渐渐疏远了。没办法，一个人的饮食品味往往决定了他的朋友圈。我们难以想象，一个常常混迹在大排档的人会和一个爱吃西餐的人成为至交，一个热衷于以形补形的食补爱好者会和一个拒绝吃肉的素食主义者结为好友。在口味上广泛到一望无际的人往往比挑食者更加平易近人，至少你和他聚餐时不用担心他有什么忌口的。要是这也不吃，那也不吃，谁还乐意跟你吃饭！不吃饭的话，又拿什么来巩固革命友谊！林妹妹什么都好，就是吃东西太过挑剔这一点不好。

某种程度上，与其说道不同不相为谋，倒不如说食不同不相为谋。火锅党表示，地球上的人可以分为两类，一类吃火锅，一类不吃。讨厌火锅的人中有袁枚，他给出的理由是“物经多滚，总能变味”，和某人的观点倒很像。火锅算是争议较小的了，不像有些食物那样性格鲜明，爱之者恨不得天天吃，憎之者巴不得地球上没这类东西。

我可以想到的例子有香菜，我们那叫芫荽，此物气味辛辣，不是所有人都能消受得了的，估计吃和不吃的人数能够大致持平。我们家的人都爱吃香菜，煮面做菜末了都不忘撒把香菜，有时去外面吃早餐，听见顾客要求“老板，来碗牛肉面，不要香菜”，我差点儿没出声让老板把他不要的香菜多多地撒在我碗里。

还有榴莲，这东西闻起来有股臭味，吃进嘴里却很香甜，据说还有大补的功效。“一只榴莲九只鸡”，广东本地人产后或者病中都会进食榴莲。很多人受不了榴莲的怪味，我有个同事，是土生土长的广东人，至今仍然讨厌榴莲，人家送他老婆一只榴莲，他趁老婆不注意扔到了垃圾屋里。榴莲可是很贵的，他老婆气得不行，和他大吵了一架，差点儿没闹离婚。后来两人各让一步，老婆可以吃榴莲，但最好是在老公进屋之前吃掉，免得那股气味熏坏了他的鼻子。

有句话说“甲之蜜糖、乙之砒霜”，用在口味方面实在是太贴切了。人类基本可以通过饮食习惯来划成无数小族群，每类族群往往都以为自己的饮食品味最高级，非我族类的则斥之为“野蛮行径”。中国人看不惯西方人吃牛排都要吃血淋淋三分熟的，认为无异于茹毛饮血，西方人更加不明白中国人怎么什么都能吃，连“人类的朋友”狗狗们都不放过。实际上，在口味上谁又比谁更高贵呢？西方人嘲笑我们吃狗，那么牛就不是人类的朋友吗？牛还勤劳勇敢呢！关于吃不吃狗肉，林语堂说得最好，他说犬为六畜之一，食狗是中国人的传统，如果连这都要嘲笑那就是数典忘祖。这个问题不再多说，免得被激进的动物保护主义者打死。

饮食习惯往往是最顽固的，这时候就有一个问题，万一你和别人有了口味上的严重分歧怎么办？我的态度是，有分歧是难免的，但底线是不要一产生分歧就指责对方品味低劣不懂饮食。分歧产生在陌生人之间，问题还不大，顶多在微博上舌战一场拉倒，要是产生在夫妻之间，问题就可大可小了。好的夫妻往往在口味上互相同化。碰到这类事如何处理，《浮生六记》中的芸娘是个好例子。

芸娘特别喜欢吃臭腐乳和虾卤瓜，在清朝这是很微贱的食物，而且有一股臭味，她的丈夫沈复见了，就逗她说："狗因为没有胃才吃粪，屎壳郎因为要变成蝉才团粪，你是狗呀还是蝉呀？"以此讽刺她爱吃口臭的。芸娘回答得很妙，她说："情之所钟，虽臭不嫌！"天下爱吃臭豆腐的人都可以用这句话来勉励自己。更妙的是，她不仅没有因自己喜爱食臭而妄自菲薄，反而再三劝说沈复不妨尝尝。在她的游说之下，沈复终于"掩鼻略尝之"，没想到一尝之下，发现这东西确实可口，从此也爱上了这一口。

当时读《浮生六记》至此处时我不禁笑了，想当年，我遇到坚决不吃香菜的男朋友时，也是像芸娘这样循循善诱的，此君受不了我的软磨硬泡，开口吃了人生中第一口香菜，惊叹"真的挺香的"，一转身加入了香菜党的行列。

也许你会指责我们太过多事，不该干涉枕边人的饮食习惯，其实我和芸娘的初衷是一样的，我们吃到了好的东西，就恨不得能够和喜欢的人共享。其实很多看起来怪模怪样的食物，只要"掩鼻略尝之"，就能体会到从未尝试过的美味，不信的话，你下次试试看。

7 借你一点儿温情

1

双休日，被老板临时抓去加班。夜晚又碰上个推不掉的应酬，觥筹交错间，电话死命地响。人声鼎沸，我听见小舅温和的声音："怎么还不回来吃饭？"在这个异乡的南方小城里，他是我唯一的亲人，我们同住在一套租来的房子中，我的吃饭问题一直是他关注的焦点。

酒终人散，回到租住的房子里已是深夜十一点，小舅还在看电视，声音开得很响，桌上摆着一碗泡椒田鸡，看起来没怎么动过。

"给你留着菜呢，要不吃点？"小舅还是那样温和地问。

我摇头，转身冲进洗手间，对着马桶一阵狂吐。吐完后才感觉头不那么晕了。走到客厅，小舅递过来一杯酽酽的茶，让我先漱漱口。才喝了两口茶，一条湿毛巾已递到了我面前。看我回过神来，小舅开始絮絮地说起酒桌上的应酬技巧，不喝不行，但也不能老真喝，可以拿可乐掺红酒，或者趁人不注意时干完杯后将酒泼掉。

他素来寡言，这么一叮嘱倒有点像我那个爱唠叨的外婆了，语气却仍很温和。是什么使他变得温和了呢？三个月的失业还是长达十余年的失意？

我望着他额上不深不浅的抬头纹出神地想，小舅开始变老了，他已不再是我记忆中那个凌厉张扬的少年，就像我已不再是那个天真烂漫的少女。时光早已把我们锋利的棱角一点点打磨掉，直至变成一个面目模糊的温和的成年人。

2

大凡见过我们舅甥俩的都不相信我们之间的亲戚关系，小舅仅仅比我大六岁，看起来更像兄妹。

我还是小屁孩的时候，对有个只大我六岁的舅舅感到十分不爽。记忆中，我儿时从来没叫过他小舅，而是仿照妈妈那样直呼他的小名“丢佬”。妈妈说外婆家孩子太多，小舅是老幺，生下来像只猫，样子一点儿都不可爱，显得很多余，家里人开玩笑说要把他丢掉，所以起名叫丢佬。

尽管不怀好意的大人们老取笑我们像兄妹，可小小的我还是极其盼望小舅来我家。在漫长的童年时期，小舅是我最好的玩伴，从不会像其他小朋友那样抢我的玩具，在有人欺负我的时候还能替我出头。我盼望他来还有一个更重要的原因，小时候我家穷，外婆家老接济我们，十来岁的小舅便充当了“圣诞老人”的角色。

每次长得瘦瘦小小的小舅一出现在我们家楼下，眼尖的我就会一溜烟地跑下楼，嘴里嚷着“丢佬来啰”，兴高采烈地往他跟前凑。小舅往往会从篮子里掏出令我惊喜的东西，有时候是一块年糕，有时候是一盒饼干，有一次他甚至掏出了一只玩具小老虎。那只色彩斑斓的小老虎是我童年时最钟爱的玩具，很多年以后我才知道，那是外公送给小舅的生日礼物，他属虎。

五六岁的我很喜欢玩过家家，常怂恿小舅把我们家的碗碟搬出来玩。有一次，我失手把一个带花纹的瓷碗摔成了两半，急得直哭。小舅忙安慰我，碗破了可以用胶水粘起来。整个下午，我们俩就坐在阳台上，在那个瓷碗的裂缝上一遍遍地涂着胶水。后来爸爸下班了，对着傻乎乎的我们哭笑不得地说：“怎么两个傻子傻到一堆去了呢？”

3

从小舅开始念高中的时候，我们便开始渐渐疏远了吧。

那时候，我还是个童心未泯的小女孩，他却仿佛在一夜之间长成了冬青树般的少年，瘦得凌厉，有着隐隐的骄傲和无限的锐气。

高中生和小学生的距离看起来那么遥不可及。他只在节假日偶尔来我家串串门，来去如风，除了吃饭从来不会逗留超过一个小时。看见我和邻家小孩玩过家家、躲猫猫时，他总会别过头去，从鼻子里不屑地哼一声。

有一次我在他学校门口玩，突然看见小舅和一个花枝招展的女孩子并肩走出校园，有说有笑挺亲热的。我像小时候一样兴高采烈地向他挥手，大叫着："丢佬你好！"那个漂亮的姐姐饶有兴趣地看着我，问小舅："这是不是你妹妹啊？她怎么叫你丢佬啊？"

小舅的脸刷地红了，支支吾吾地说："这是我邻居家的小孩，喜欢乱叫别人的外号。"我极力争辩："我才不是你邻居的小孩啊，你是我小舅丢佬啊，外婆也是这么叫你的。"漂亮姐姐忍不住笑了，小舅的脸却一下子红到了耳根，眼珠子鼓鼓地瞪着我。

尽管如此，他和漂亮姐姐还是带着我这个小尾巴去看了一场电影。我记得放的是《少林寺》，少林寺中的那个小和尚挺好看的，若干年后我才知道他叫李连杰。小舅带的钱不多，买完电影票后，看见我眼巴巴地站在冰柜前，又拿出仅剩的钱给我买了支冰淇淋。看电影的时候，我听见漂亮姐姐跟小舅说，你还挺有爱心的，对外甥女这么好。我坐在他们中间，愉快地舔着冰淇淋，他们的手，悄悄地拉在了一起。

看完电影，小舅送我回家。妈妈问你们干吗去了，我乐呵呵地说看电影去了，和小舅还有……话还没说完，小舅冷不丁地瞪我一眼，我连忙把"漂亮姐姐"四个字咽到肚子里去了。后来，为了奖励我的守口如瓶，小舅给我买了很多冰淇淋。再后来，听妈妈说小舅高考落榜了，因为早恋影响了学习。

我那时对什么是早恋还似懂非懂，只知道没考上大学是一件很严重的事情。去外婆家时，发现小舅已瘦成了一根竹竿，闷在房里睡觉。我拿出零花钱买了个超好吃的奶油冰淇淋，兴冲冲地拿去给他，小舅不耐烦地推开我的手，冰淇淋掉在地上，流了一地黏糊糊的奶油。

4

高考落榜拉开了小舅人生失意的序幕。

在以后的那十年里，他基本上淡出了我的视线，有关他的所有消息都是闲聊时听妈妈转述的。妈妈说他南下打工了，妈妈说他辞职做生意了，妈妈说他生意失败了，妈妈说我这个弟弟啊为人不够圆滑，混哪一行都混不开，当初要是考上大学做个公务员什么的倒不错。妈妈不知向我感叹了多少回。

每到这时，我就小小地心虚一下，有点后悔当初没有把漂亮姐姐的事早点告诉妈妈。

小舅二十九岁那年结的婚，新娘自然不是多年前那个漂亮姐姐，而是妈妈托人给他介绍的一个女孩。和我同龄，都是二十三岁。

我本来想送他们一对芭比娃娃，妈妈说整点实在的，于是我就买了一床鸭绒被。

小舅的婚礼不热闹，只请了亲戚朋友，在一个中档的宾馆里摆了四五桌酒席。小舅穿着一套新西装，胸前的红花衬得脸色有点疲惫，不知道为什么，我觉得他笑的样子有点勉强。新娘笑容温婉，一看就是个好性子的人，偎在小舅身边像一只依人的小鸟。到我们这桌敬酒时，我叫了声“舅妈”，新娘的脸微微地红了红。

酒席中，小舅拍着我的肩膀说，丫头啊，丢佬我都结婚了，你也得考虑一下啰。很多年没有叫过丢佬这个名字，乍一听，我有点恍惚，这个恍惚的瞬间，婚礼请来的摄影师拍下了这个画面。

后来和妈妈一起看婚礼的照片，她突然指着小舅和我的合影说，丢佬和你长得还真像。我一看，可不是，一样瘦削的面孔，一样倔强的眼神，难怪人家都说我们像兄妹。

小舅婚礼后不久我去长沙读研，有一天收到了他给我寄的一个包裹。打开一看是一本厚厚的《康熙字典》，居然是中华书局出的正版书，价值不菲。我记得很小的时候，小舅曾经跟我说以后要做一个纪晓岚一样的学者，看着那本很贵的《康熙字典》，我有点想落泪的冲动。

5

三年后我南下工作，很巧地来到了小舅所在的城市，开始了在同一个屋檐下生活的日子。

彼时，小舅三十二岁，我二十六岁，在两个成年人之间，六岁的距离变得很近，我们像儿时一样，又可以平等地对话，只是话题变得有些沉重。

我越来越发现我们之间的相似。从小舅的身上，我常常可以看到自己的影子。用妈妈的话来说，我们都是那种心比天高的主儿，一把年纪还不懂人情世故，做人诚恳做事认真，即使到处碰壁也会坚持某些所谓的原则。

我到南方不久后小舅就失业了，缘于和老板的长期不和。愤而辞职的小舅想做生意，可苦于没有本钱。在接下来的几个月中，看电视成了他最大的消遣。《海峡两岸》《军事纵横》之类是他喜欢看的节目，政治味道比较浓。我在家的时候，他会一边看一边评说，对这个世界的阴暗面尽情批判，身上还残留着愤青的痕迹。

双休日，他会在家做饭。他做的菜很好吃，剁椒鱼头、干锅鱼杂、辣子鸡丁做得和湘菜馆一样正宗，有时候我会陪他喝点啤酒，大快朵颐之余就会一起批判长年吃粤菜能让人的嘴里淡出鸟来。我上火了他会去凉茶铺买降火的凉茶，王老吉那样的罐装凉茶素来是他鄙夷的。

三十二岁的小舅不再瘦削，膀子日渐粗厚，腰间开始有层层叠叠的褶皱。我像妈妈一样为他的前程担忧，每当想到他那个四岁的小儿子和温顺的舅妈，我就忍不住劝他先找份工作养家糊口。我知道他其实也挺烦，每天开到凌晨的电视机便是佐证。

折腾了几个月他决定去贵州开个小店。临走前他带我去珠海玩。长这么大我还是头一次看见海，可珠海的海水并不像我想象中那样碧蓝，而是那种浑浊的黄色，或许理想和现实之间总有差距吧。

我事先带了未充气的游泳圈，海边没有打气筒，小舅拿着那个瘪瘪的游泳圈，一口一口使劲地吹着气。多年前的那一幕突然浮现在我脑海，十来岁的小舅坐在阳台上，一遍一遍徒劳地往那个被我打碎的瓷碗上涂胶水，仿佛只是一转眼间，他便不再年轻了，我也不再年轻了。

一直以来我都为没有一个哥哥而遗憾，此刻，我终于释然了。面前腮帮子鼓鼓的小舅，多年来给予我的岂不正是那种兄长式的关爱？没有两代人之间的代沟，有的只是对等的交流，从儿时到现在。

小舅去贵州那天我正在上班，他是悄悄走的。城市里像他这样的人太多了，悄悄地进入，悄悄地离开，总会有不断涌入的后来者来填充城市的繁华，而我，也只不过是这千万大军中的一员。为了生活，我们不得不四处奔波，即使和至亲的亲人之间，我们所拥有的也只不过是一段短短相依的日子。然后我们在命运的推手下交错，我只希望，那些曾经相依为命的日子，能够给小舅、给我、给所有漂泊在外的人带来些许的温暖，那样的话，无论身在何方，我们都能淡淡微笑着说，此心安处是吾乡。

8 我的朋友很少，还好其中有你

当一个女人生了小孩之后，有一天深夜独坐，想找个人出来聊聊，这个时候多半会发现，她所有的朋友都“死”了。

曾经的朋友们也许还活着，可是已经与你的生活毫不相干。

你看着她们在朋友圈里晒美食、晒旅行、晒亲密合影，看着她们互相点赞互相 @ 对方，感觉自己就像一个局外人，已经被所有人集体淘汰出局。

没错，这个女人就是我。

对于热热闹闹团结活泼的集体生活来说，我好像永远都是个局外人，尤其在生了小孩后的一段时间里，那种被世界遗弃的感觉特别强烈。

刘瑜说，孤独不算是件事儿。这是真的吗？如果说孤独不是一件事儿，为什么那么多人忙着组饭局？那么多人急着交朋友？那么多人习惯身边有人陪伴？孤独也许并不可耻，但孤独无论如何不是一件让人高兴的事儿。

在人的所有情感中，唯有友情最能考验一个人的人品。得不到亲情，可以怪父母不负责任；得不到爱情，可以抱怨运气不好；得不到友情的话，你除了怨自己还能怨谁？我们需要朋友，因为我们需要认同，谁也不想被社会抛弃。一个没什么朋友的人，毫无疑问是人生的 loser。

多么遗憾，我就是一个没什么朋友的人。昨天晚上，我躺在床上，忽然想起要数一数我有多少朋友，不是工作伙伴，不是老同学，也不是办公室同事，你们懂的。数完后我悲哀地发现，我的朋友用一只手就数完了，如果再挑剔点的话，很可能一只手的数还不到。

我把数数结果发到朋友圈里，有那么几个人留言安慰我，其实我发这条微信的目的并不是求安慰，我只是想晒一下我有多孤单罢了。有些事情，自己说出来总比别人戳破要好一些。

在稀薄的安慰声里，有个人留言说："要那么多朋友干吗，喂了杀了吃吗？"

一句话惊醒我这个梦中人。

是的，干吗这么感伤呢，就算我所有的朋友都消失了，这个家伙还在呢，尽管她老是说着恶狠狠的怪话，老是拿我开玩笑，尽管我们有时候一个月都见不上一面，但是我能够确凿无疑地肯定，她就是我的朋友。

我的熟人很多，我的朋友很少，幸运的是，很少很少的朋友中，有她这样一个朋友。

古人说"白头如新，倾盖如故"。意思是有的人认识了一辈子，彼此间仍然毫不了解。但有的人却仅仅是停车相问（倾盖即指停车）的那一瞬间，灵魂和灵魂之间已猝不及防地打了个照面。

我和晓茶亦如此。叫她晓茶，是因为有一种烟名“茶花”，盒上书着两句诗：“与君初相识，犹似故人归”。因为这两句诗，我叫她晓茶。

晓茶长得中性。我第一天来到这个南方小城时，适逢她高升往11楼做编辑，先前使用的那台电脑便转手给我了。那时的晓茶头大脸圆，顶着一头蓬松而凌乱的短发，活脱脱一副小狮子的可爱憨态。

中性模样的人显年轻。刚见晓茶，我以为她不过是二十如许，后来她透露自己已有十年从业经历，我不禁大跌眼镜。

晓茶和我完全是不同类型的人。我向来是太把自己当女人，和人说话未语就有三分娇。晓茶是个对性别定位比较模糊的人，熟了之后，我开玩笑说你怎么打扮得这么中性啊。当时晓茶身着一紧身黑色纱衣，一听我这话反驳道：难道这衣服不女性化吗？我细看，的确，这衣裳分明是性感妩媚路线啊，可穿在她身上，怎么妩媚就转成了飒爽呢？

我对晓茶是一见面就颇有好感的，刚进单位特无助，所以老在QQ上缠着她问这问那。晓茶为人温厚，我问三个问题她好歹也回答一个。其实那时候她特烦我，私底下和同事说，这个人哪有那么多问题啊！干脆改名叫十万个为什么算了。

晓茶是副刊编辑，而我爱好写字，经常在她的版面上发东西。虽如此，晓茶最看不得我的情感类散文小说。她直白地说：你的小说跟你的人一样，就两个字，拧巴！

也就晓茶能这样直言不讳吧，我倒并不气，因为她的真诚。

晓茶通读现当代外国文学作品，却搞不清杜丽娘和杜十娘有何区别；我则只对古典味浓的小说感兴趣，所谓世界名著无论如何也读不下去。晓茶的文字充满了王小波式的黑色幽默和反讽，语言尖锐、思想现代；我却只爱通俗文学，对亦舒之类津津乐道，用晓茶的话来说就是尚停留在感官层面——但这并不妨碍我们互相懂得。

人的本质或许就是孤独吧，所以，终其一生，我们都在寻找气场对的人。直到有一天，我遇见了晓茶，我相信，我们是同类，虽然我们看上去那么不同。而晓茶笑说，我之所以跟你说那么多不能告知他人的秘密，是因为我知道你和我一样，也不是个好东西！

不是就不是吧，我们的确都爱折腾，不小心就把自己弄到边缘人的身份。

晓茶的理想是赚足够多的钱供父母颐养天年，然后开着车，听着音乐，和自己心爱的人一起去看海。而我的理想是有一间自己的小屋，在旁边种满桃花，和一群朋友整日饮酒写诗。亲爱的，我不知道它有没有实现的那一天。

我们总在线上聊天，确切地说，更多是我在说，晓茶就像我的树洞。我总是不厌其烦地向她描述我成长过程中的点点滴滴，我看过的某部印象深刻的书，多年前错过的某个清俊少年，因下雨而伤感的某个黄昏，诸如此类。

有时候晓茶忙得要死，就回复我一个“嗯”“哦”之类的，但我并不在乎，因为我知道，我并不是在对着一头牛弹琴，我所说的，她都明白。

晓茶对我的评价是：你这个人，虽然自私，倒也坦白；虽然黏人，但也有可爱之处，而且看多了还觉得样子蛮好看的。

我认为，这是至今为止我收到的最好的溢美之辞。

晓茶自称除了钱啥都不爱，却能拿出最后一百块请我喝酒。她平常很寡言，只在喝得薄醉时才会声若洪钟滔滔不绝。摸清楚了这一点后，我常常在下班后提几罐啤酒去她的小屋。如果过了一段时间不去，她就会给我发短信说，很想念你的啤酒。

为了对得起我拎上门的啤酒，晓茶会亲自下厨做几个小菜，某次她喝醉后曾夸自己是女版刘仪伟，会烧一百零八道风味各异的菜。事实上，我每次去的时候，她招待我的都是东北风味的一锅炖，猪尾骨里脊肉海带豆笋什么的都往锅里放，开着文火慢慢地炖着，没有一点儿技术含量，所幸味道还不错。

我们曾经闹翻过很多次。

成年人闹翻自然不可能剑拔弩张，说起来都是些小小的嫌隙。

有一次，我有事找她，打了几个电话她都没接，后来接了，劈头就是：“我在睡觉呢，别烦我。”

我一个月没理她。

还有一次，我批评她根本就不知道怎么写新闻稿。

她足足半年没理我。

可是不管怎么样，那些嫌隙没有拆散我们，反而让我们的友谊变得更有韧性。人和人就是这样的，大部分人之间的关系都建立在沙上，风一吹就散了，但是有极个别的人，被吹散之后又会向彼此靠拢，因为他们知道，以后再难找到这样的朋友。

我三十一岁生日的时候，她认真地对我说：“年纪也不小了，好好写啊，一定要写出对得起自己的作品来啊。”

这么多年，我一直在默默地写着，几乎没有什么读者。可是我的每一篇文章她都会看，她说我越写越好了，她都成了我的忠实粉丝了。我在这里并不受重视，可是她总是不遗余力地推介我。不止一个人对我说，你们同事晓茶特别推崇你啊，说你是你们单位最有才华的人。

我为自己还没有写出什么像样的东西感到羞愧。

晓茶比我大九岁。二十出头的时候写先锋小说，在老家小有名气。

经历了很多事，身上的锋芒还是没有磨去。一开始她进这个单位时，把单位的领导敷衍得很好，领导们都很器重她，过了两三年后，她不耐烦敷衍下去了，于是开始走消极反抗的路线。

我们都是这里的边缘人。她是主动的，我是被动的。对于她这种行为，我曾经很不理解，甚至不以为然过，要过了很久我才明白，能够自甘被边缘是件多么需要勇气的事。

同事们有时会背着她说一些关于她的是非，我每次听了都特别愤怒，马上跳起来反驳，不过我从来没在她面前说过这些非议，因为我知道，别看她表面什么都不在乎，内心其实和我一样脆弱。

有次吃饭时，我们共同的一个朋友忍不住说起了有个同事在会议上说她如何如何之类的话。吃完饭后，我对这个朋友说，以后有这样的事，放在心里就好，别告诉她，不要让她难过。

她三十岁后基本不再写东西了，我曾经指责她荒废得太久。后来想想，不写也没什么，只要她开心就好。可是我知道她内心深处一直是有遗憾的，只是她过于自保，不愿意再在小说里去坦露自己的内心。我希望她有一天能够勇敢一点儿，我更希望这种勇敢不会给她带来什么伤害。

读初中时看亦舒的《流金时代》，蒋南荪这么评价她和朱锁锁的友谊："我得意时，她不妒嫉；我失意时，她不看轻。人生得一知己足矣。"

这样的知己，我想我已经找到了。

我的朋友很少，我还是渴望能有更多的朋友。不能说有一个她这样的朋友就已足够，但是至少，会让我感觉不那么糟糕。

9 走着走着就散了

在这寂寂的冬夜，QQ 音乐里播放着谭咏麟的《情缘巴士站》，突然想起了很多年的一个朋友，这是他最爱的歌。沉淀在这歌声中的，不仅仅是这一个朋友的影子，还有那张张笑脸，以及那些曾经以为是轻飘飘的旧时光。

那时候我年轻得简直无畏，爱热闹、爱出风头，十二万分地相信孤独的人是可耻的，一到周末就忍不住呼朋唤友，正是因为这样贪玩，才结识了他们一帮人。他们是通过我师范时候的好友小王同学介绍的，基本上每隔十天半月大家就要在一起聚聚。

在 21 世纪初的湘西南小镇，汽车还属于可望不可及的奢侈品，于是摩托车成了年轻人钟爱的交通工具。他们和我们相隔一个镇，每到节假日，就一人一辆摩托车浩浩荡荡地开过来，回去时车后都载上一个漂亮姑娘，在大街上招摇过市，感觉如此拉风。

小镇实在是没有什么娱乐生活，一大帮人聚拢来无非是打牌唱 K，但是年轻的朋友一碰面，即使是啥也不干纯粹坐在一起瞎扯淡，也觉得言笑无厌乐不可支。这是一个奇异而和谐的圈子，小龙爱唱歌，明明最老实，小王常常以妇女之友自居，娟子热情开朗，郭艳总是很沉静，而我呢，一张嘴从来都没闲过，每次都是叽叽呱呱地说个不停，尤其爱笑，每次一笑，小龙就开始给我计时，最夸张的一次整整笑了三分钟。

留在我印象中很深刻的一次，我们在娟子家打牌，六个人打三副牌，事先不知道谁和谁结对子，所以特别考智商。我和娟子都是爆炭脾气，有时候自家人打了自家人，心里就觉得特别窝火，忍不住就拿小伙子们撒气。明明又老实又笨，老是分不清敌我，被我们奚落得越来越怯，牌打得更加毫无章法。好家伙，一下子成了群起而攻之的对象。只有郭艳静静地笑静静地打牌，不跟我们瞎搅和。

后来打着打着，鸡突然叫了，娟子的妈妈走出来给鸡们喂食，我问她："阿姨你怎么不去睡觉啊？"娟子妈妈笑着打开了门，原来天已经大亮了，不知不觉中，我们已经打了整整一夜牌。年轻人的战斗力就是好，倒盆水洗个脸后马上又兴兴头头地去钓鱼了，谁都没提过要去补觉。那时候不像现在，逮住个能躺的地方就能睡着，那时候觉得每一分钟都很宝贵，用来睡觉实在是太浪费了。

我记得我们一起登过佘湖山，一起摘过野乌莓，还一起上山取过蘑菇。明明家做的蒸蘑菇实在是太香了，老实说我和娟子趁大家不注意的时候，在厨房里偷吃了很多。不管是谁过生日，另外一伙人就相约着去给他庆生。我记得我二十岁生日的时候，他们就团团地坐了一桌，小龙和明明合伙送了我一块挂件，上面画着只展翅欲飞的大鹏。"这个挂在家里多神气啊！"小龙说。这个挂件至今还挂在我老家的卧室里，黑底描金的大鹏，的确很神气。

后来呢，他们不可免俗地有了各自钟情的女孩。小龙喜欢上了娟子，小王和明明喜欢上了郭艳，我呢，由于各种原因置身事外，幸运的是，正因如此，我和他们的友谊才得以保持得更久。

小伙子中，我和小龙最亲近，他有很多趣事。比方说他爱唱歌，有一次去他宿舍玩，经过一个通风过道时他忍不住咿咿呀呀地唱了起来，我们夸他唱得真是中气十足啊，他得意地说："那当然，你们知道吗？这个风口是最佳的练声场所，我就是在这儿唱得多了才有中气！"我们笑得直打跌。后来我每当路过这种过道时，都会想起他对着风口唱歌的样子。

他们那个镇出茨菇，每年过年时，他们就会买个上百斤茨菇，用麻袋装了，给我们每人家送一袋。我家的人都爱吃他们送的茨菇，我奶奶经常说："佘田桥的茨菇啊，真是又大又水灵，不像其他地方的一咬一口渣。"有次我和小龙开玩笑说，我这是沾了娟子和郭艳的光啊。小龙一本正经地说："那可不是，我真拿你当好朋友的。"

后来他追求娟子未遂，两人就渐渐淡了，但过年时，他们还是给我家送过两年茨菇，以至于这群小伙子在我奶奶心目中一直扮演着"茨菇老人"的角色。直到如今，老人家有时候还挂念着佘田桥的茨菇和那些笑眯眯很讲礼数的小伙子们。

不知从什么时候开始，这个小圈子就慢慢散了。大家都有各自要忙的事，有的忙着打拼事业，有的忙着泡妞恋爱。娟子和郭艳相继结了婚，新郎都不是他们中的任何一个。反倒是我，还和他们保持了一段不咸不淡的联系，生日的时候虽然不再串门，彼此还会记得发个短信。

再后来呢，我的手机中不再有他们任何一个人的电话，我们就这样，各自奔天涯。我终于明白，如果把人生比作一段旅途，那么朋友就是你在途中遇到的旅伴，曾经亲密无间，走着走着，就突然走散了。

我们的身边会不断有新的旅伴。时间过去一天，旧日朋友的影子就淡去一分。或许有一天，我们终将相忘于江湖，但是他们会留下他们的烙印，在很多地方。就像我今晚听到的这首《情缘巴士站》，就会想起，曾经有这样一个朋友，喜欢对着空无一人的风口大声唱：一步一想心中向着渺茫，沿路挂着城市新装……他的声音中气十足。

10 / 假如可以穿越时空，你最想去哪个时代生活

爸爸妈妈真的变老了。

人老了的最大特征是变得啰嗦了。每次打电话，絮絮叨叨的总是那些事，刚说过的一句话，没过两分钟又重复一遍。上次我妈给我打电话，开头一句是：“要是不舒服你要记得去医院看看啊。”快挂电话时临了又补一句：“一定要去医院看看啊，楼下的那家健民药店有个老中医就挺好，早点去，免得排队。”

说她啰嗦她还不承认，关于她去北京旅游的事儿，念叨了起码上百遍，每一个细节都翻来覆去地描述，以至于她一说登长城，我就能接着说：“我知道，你去的那回，好多外国人背着小孩在那儿登长城。”她听不出我的言外之意，还喜滋滋地补充：“是啊，都是粉红色的外国小毛头，太好看了。”我心里很不以为然，哪个种族的娃娃都是粉红色的啊，除了黑种人。

这些陈芝麻烂谷子的事我都听得两耳生茧了，不过也有听不厌的，我喜欢听爸妈讲他们小时候的事。

爸妈的童年记忆离不开两件事，一是劳动，二是饥饿。妈妈有八个兄弟姐妹，家里人口太多，分到每个人嘴里的口粮都太少了。但那时候至少吃得饱，没有足够的大米，只好用杂粮来代替。妈妈印象最深刻的就是吃红薯，她告诉我，早上吃的是“整猪整羊”，意思是光吃蒸红薯，中午是“芝麻拌糖”，意思是在饭上蒸一点儿红薯，晚上则是“吹吹打打”，吃的是煨红薯，需要拍灰吹打……

妈妈说这些的时候，眉飞色舞，绘声绘色，我一直认为，她有做民间说书人的潜质。作为听众的我，很为八个兄弟姐妹怎么抢食着急。想当年，我和弟弟没少为抢好吃的打架。听到我的问题，妈妈白了我一眼：“哪会抢啊，一个个都可懂事呢，只吃自己的那一份，想着要让给大人吃，大人要干活啊。要是有客人来的话就不上桌。”

物质生活这么艰苦的童年，也有快乐的一面。在妈妈的记忆中，他们兄弟姐妹都很友爱，九舅小时奶不够吃，姐姐们就拿饼干泡了开水喂给他吃，喂得又白又胖的。小舅是个馋小孩，如果哥哥姐姐们有什么好吃的不给他吃，他就顺势往地上一滚说：“你以为我不会生气打滚啊？”大家都笑他：“可别这样，把地上的灰都滚走了。”他一得意，反而翻滚得更厉害了。小舅现在不苟言笑，一年四季喝得醉醺醺的，想不到小时候居然这么萌。

妈妈是大姐，经常要带着弟弟妹妹去田间山上找吃的。这对于小孩子来说是件很快乐的事。那时哪有什么零食啊，乡间孩子的一点儿美味都是拜山野所赐。妈妈说，她小时候到处都是野生的团鱼（即甲鱼），有时去草地里玩，脚一踏就能踩到个团鱼，赶紧提了回家，让外婆杀了，几个小的吃肉，大的喝汤。那汤真是鲜美啊，妈妈数十年后提起来仍念念不忘。

爸爸口才没妈妈好，也不习惯和儿女拉家常，所以关于他童年的事我都是听奶奶和妈妈提起的。爸爸和妈妈一样，也出生在一个大家庭里，有五个兄弟姐妹，他也是老大。爷爷四十来岁就患病去世了，那时我最小的姑姑还只有两岁。

穷人的孩子早当家，有句话说少年老成，我爸是童年开始就十分老成。奶奶有次回忆说，爸爸很小就显示出了勤劳的本性，他还只有三四岁时，就一个人拿着小刀上山去砍柴，力气小砍不动大树，只能砍低矮的灌木，砍了后整整齐齐地扎好背回家去，一小捆一小捆地垒在厨房门口，知道的人都称赞他了不起，干起活来比有些大人还有模有样。不知道为什么，每当听到这个故事，我的心情都复杂，有一点儿心酸，更多的是骄傲。我想象着小小的爸爸，挥舞着小刀奋力砍柴的样子，他是不是跟弟弟小时候一样，有着苹果般的圆脸和一双短短肥肥的小手呢？大山里的灌木，一定比那时的他还要高些吧。

正是因为这样勤劳勇敢，我爸一直挺瞧不上我和弟弟的，觉得我们又懒又馋，连双袜子都洗不干净。在老家时，我和弟弟都爱睡懒觉，迷迷糊糊中就听见爸爸大清早就起来拖地擦玻璃打扫屋子，一边打扫一边骂骂咧咧：“都这么懒，不是我，这个家就成猪窝了。”在劳动方面他苛求完美，连我妈干的活他都不满意。

这么勤劳勇敢的爸爸，童年时也会犯全天下小孩都爱犯的毛病——好吃。有次在饭桌上，妈妈无意中说起了爸爸小时的一桩往事，那时正是大饥荒的年代，家里没饭吃，奶奶好不容易找来一些干枯的红薯藤磨成粉，做成黑漆漆的团子。这样的团子有什么好吃的？可爸爸就是要吃。那时候家里的口粮都是要优先给大人吃的，吃了有力气干活，爷爷见爸爸这样不听话，就提着他浸到水里，谁知爸爸一从水面浮出头，还是哭着说：“我要吃团子！”如此浸了几次，不管他怎么哭，团子还是没吃着。

听到这里的时候，我看着一桌子的菜，再也吃不下去，眼泪吧嗒掉到了饭碗里。我真想把桌上的猪血丸子、粉蒸排骨统统让给小时候的爸爸吃，想吃多少就吃多少，那他就不会坚持要吃红薯藤做的团子，更不会被爷爷提着往水里浸了。

曾经有个烂大街的问题是：“假如可以穿越时空，你最想去哪个时代生活？”

我现在已经过了迷恋穿越剧的年龄，要是真的可以穿越时空，我倒是很想回到爸妈的童年时代。我想看看爸爸妈妈小时候是什么样子，想给妈妈送去一件漂亮的花衣服，想捎一碗红烧猪蹄给吃不饱的爸爸，想陪着他一起上山去砍柴，在皎洁的月光中一人背着一小捆唱着山歌走回家去。

在亦舒的小说《朝花夕拾》中就讲述了这样一个故事。生活在 2035 年的女主人公生活乏善可陈，和母亲关系尤其不佳，她总是嫌母亲太过守旧啰嗦。偶然的一次车祸让她穿越到多年以前，那时母亲尚是一个不足五岁的幼儿。真奇怪，她嫌弃自己年老的母亲，对于幼年的母亲却无比体贴。

这是我读过的最动人的亦舒小说。很多人都像小说中的女主角一样，觉得父母面目可憎言语无味，我们忘记了，即使是现在垂垂老矣的人，也有过童年啊，他们也曾被父母捧在掌心，他们也曾有过胖嘟嘟的脸蛋和小手。所以，当你厌倦他们的时候，想想他们小时候吧，也许你会对他们多一分谅解和温柔。

现实不是科幻小说。人们不可能像《朝花夕拾》中的女主角那样穿越时空去爱护幼小的母亲，我们只能眼睁睁地看着父母一天天老去、衰弱。有一天，他们会恢复成婴儿的状态，喜欢生气，需要人的照顾。

我不知道，上天还给了我们多少时间来相处。但是，且让我在剩下的每一天里，守护你们，爱惜你们，就像你们一直这样地守护着我，爱惜着我。

让我们彼此温柔相待。

keep calm

and

carry on

第四章

和不完美的自己和解

1 住着一个穷孩子

昨天和表妹聊天，聊着聊着聊到了小时候，两个走在奔三路上的大龄女青年开始追忆往事。别以为往事都是美好的，一场追忆最后变成了比穷。

我说，小时候家里特别穷，吃不好，穿不好，想买什么东西买不起，想想就觉得自己很可怜。表妹说，你那会儿才多大啊，记得这么清楚？我自己都诧异了，仿佛从懂事开始，贫穷的记忆就如影随形，我以为我忘了，其实多少年来一直念念不忘。

是什么时候有穷这个概念的呢？可能是从买不起学校小卖铺的零食开始的吧。每到下课时，同学们攥着一把零钱，兴高采烈地往小卖部赶，买回棒棒糖、酸梅粉和可以吹的大大泡泡糖，而我只有坐在教室里看书。其实零食比书的诱惑力大很多，可谁叫我没钱呢，妈妈把日子过得紧巴巴的，自然匀不出钱用作我的零花。

是什么时候觉得贫穷是一种耻辱呢？兴许是因为有次穿了一条裤兜处打着小小补丁的裤子，被班上的男生嘲笑：“你看她，居然穿补丁裤！”

整个少女时代，我似乎都是郁郁寡欢的，没有好模样，没有新衣裳，总是穿亲戚朋友淘汰的旧衣服。后来无意中和妈妈说起，她不以为然地说："那会儿的人都苦，又不单是你一个。"我想是吗？到底是因为我过分自尊敏感，还是我家的确太穷？

表妹说，她的噩梦是从父亲生意失败开始的，那时她已经长大了些，每次过年的时候，债主们就毫不留情地追上门来，别人家过年是欢天喜地，小小年纪的她反而是提心吊胆。对于那段历史，我还有点印象，小时候羡慕表妹家比我家富裕，没承想家道中落时，她比我见识了更多的世态炎凉和人情冷暖。

大人们都以为小孩子是善忘的，其实有些记忆怎么忘得了，贫穷甚至已成为一个红字，刻入了我们的骨髓。都说穷人家的孩子早当家，也许正因如此，我们才特别努力特别不甘人后，现如今的我们已经脱离了贫困线，可是我们的心中仍然住着一个穷孩子。不管我们的生活将会如何安稳如何富足，这个穷孩子仍然是面有饥色胆战心惊，时刻担心着会被打回原形，我们甚至在某些时候仍会受这个穷孩子操纵。像我表妹，现在自己做生意，有时难免会周转不灵，却发誓绝不向人借债，再也不要去看那些债主的无情面目。像我，在别人眼中生活还算安稳，只有我自己知道，我是多么惶恐多么没有安全感。不瞒你说，唯一能给我安全感的就是存折上数字的增长，金钱傍身的观念已深入我心，一有余钱赶紧又买了一套房子，我想能打倒我的不是众叛亲离，而是身无分文。

曾经一度不能理解，为何我妈年过五十却对买衣服有着近乎疯狂的热情。我们家三扇门衣柜里，声势浩大地挂着她数量庞大的四季衣裳，有相当一部分甚至买回来还没开封，就被直接打进了冷宫。即便如此，她每次出门，最兴致勃勃的仍然是买衣服。后来听妈妈说起年轻时的艰难，怀着我的时候连油米都要娘家支援，我突然间恍然大悟，或许她曾因为穿不起漂亮衣服被人耻笑，现在的疯狂购买只是一种补偿。

也许你会说贫穷并没有错，并不是什么耻辱，其实我想告诉你，贫穷兴许并不可怕，可怕的是因为穷而遭致的白眼和冷遇。劫富济贫那只是武侠小说中才会有的事，现实生活里人们习惯于欺穷媚富。不信你去观察下你们家的穷亲戚和富亲戚，看他们谁收获了更多的尊重和关怀。

有一次看周星驰上电视访谈节目，说起他拍《长江七号》的初衷，是因为小时候他看上了一件玩具，但是妈妈没有钱，所以不管他怎么哭闹，都不肯给他买。电视机前的我心有戚戚，原来，星爷的心中也住着一个穷孩子。从这个角度来看，他的《长江七号》，我妈的大批衣服，都是对内心深处那个穷孩子的抚慰。

隔着漫长的岁月，我们终于可以伸出手来，温柔地、怜惜地、充满爱意地拭去那个穷孩子脸上的泪痕。没有人知道，我们曾经多么渴望有那样一双手，可最终到底，伸出手的，只有我们自己。

2 被嫌弃的胖子的一生

最近忽然迷上了淘宝。看，我就是这么后知后觉，当身边的朋友都逛淘宝逛得审美疲劳时，我才下了我人生中第一个淘宝单。曾经连续有几个夜晚泡在淘宝上，乐此不疲地在不同店铺对比同一款衣服，看哪款更漂亮，哪款性价比最高。

和实体店相比，淘宝有几大好处。第一，它适合我这种死宅的人，足不出户就可以购物；第二，如果说购物可以给女人带来类似高潮的体验，那么淘宝就能带来多重高潮——下单时是一次，等待时是一次，等货到了试穿又是一次，真爽啊；第三，淘宝实在是天下胖姑娘的福音，你可以在这儿逛来逛去，绝对不会遭受服务员挑剔的白眼，还可以想象自己就和图片中的麻豆一样美貌无比，随便往身上套件啥衣服都是一枝花。

在现实生活中，胖子的一生绝对是被嫌弃的一生啊。曾几何时，中国是一个以肥为美的国度，诗经时代的美人是“硕大且卷”，到了唐朝，肥美多汁的杨玉环更是成了美女典范，可到了宋朝后，情况直转而下，开始流行骨感美，直至近现代更是变本加厉，你不是纸片美人都不好意思说自己身材好。

对于我来说，人生最大的不幸之一就是生活在这个歧视胖子的年代里。做学生的时候，班上的姑娘们都长得跟豆芽菜似的，只有我从始至终都没摆脱婴儿肥，这注定了我不能走小清新的路线，这对于一个文艺少女来说，简直就是灭顶之灾。中间倒是瘦过几年，直到研究生毕业工作以后，我的体重开始一路飙升，生活也随之一路下坠。

除了婴儿期外，胖子从来都是被歧视的，即使这种歧视伪装出调侃的模样，也不能减轻对胖子们的伤害。在学生时代，胖子是独立于男生、女生之外的第三类人。不管在哪个班上，总有那么一两个女生胖得连名字都让人懒得记，“胖子”就是她们的终生代号。在男女生泾渭分明的青春期，这类女生是男生可以放心和她们做朋友的，他们爱称之为哥们儿。直到很多年以后，我才突然明白过来，一个只能和男生做哥们儿的女生是多么的可悲！

一贯势利的服装店歧视起胖子来更是毫不留情，特别是我的老家湖南，那里的服装店几乎从来就找不到胖人能穿的码数，势利眼的服装店小妹恨不得在额头上写明“胖人勿扰”四个字。我刚生完孩子回老家，曾经和小姑子一起去逛过服装店，同样是当过妈的人了，小姑子还是亭亭玉立，我却一下子沦为土肥圆，于是那天的逛街经历实在悲催，一见我们进店，小妹们争先恐后地围着她打转，直接当我是空气，偏偏我还不识趣，愣头愣脑地要求试衣服，其中一个小妹似笑非笑地看着我说：“不好意思哦，我们这儿没有你穿的码数哦。”笑得那叫一个轻蔑啊，我发誓，如果我会隔空点穴的话，立马叫她血溅五尺痛哭求饶。可是我啥也不会，只好憋住满腔怒火，将一张胖脸憋得铁青走出了店。

说实话，我从来没有想到自己会沦落到这一步，虽说我从小到大就胖乎乎的，那也仅仅只是“有点胖”而已，我甚至嘲笑过班上那些胖得离谱的同学。那时候，我天真地以为胖子都是迟钝的，他们对嘲笑早已习以为常。事到如今，当我被别人无情嘲笑的时候，我才领悟到，胖子也是有血有肉的人，胖子和这世界上绝大多数人一样，也会敏感，也会难过，只不过被伤害得多了，胖子们渐渐学会了用自嘲来掩饰脆弱的内心，多么痛的领悟啊！

成为一个货真价实的胖子后，我才明白，没有人会对他人的嘲笑习以为常，相反，我反而滑向了神经过敏的另一个极端。我不再热爱逛街，我完全放弃了打扮，我穿着最路人的衣服，最大的希望就是在人群中当个隐形人。当然，我偶尔也会有奋发向上的时候，比如说穿不进某件很钟爱的衣服时，会勉励自己说，一定要好好减肥。

我对减肥寄予了美好的期望，总是想着，等我瘦了以后，就要穿最漂亮的衣服，去最爱去的地方，每天都昂扬向上地生活。

后来有一天，我无意中翻出有年去三亚的照片来看，突然发现，那个时候看起来还挺顺眼的，虽然有点肥，还算得上肥而不腻。其实，就在那个时候，我也嫌自己太胖了。事实上，在我人生中的每个阶段，这种嫌弃从来没有停止过，即使在最瘦的时候，我也嫌自己的腰围为什么用两只手圈起来还有多。

我悲哀地发现，最嫌弃我、最看不上我的那个人居然就是我自己。除了嫌弃自己胖之外，我还嫌自己太矮、不漂亮，嫌自己没有读过名牌大学，嫌自己才华不够，嫌自己工作不出色，嫌自己没有能力去做喜欢做的事，嫌自己赚的钱太少……我的生活一团糟，是因为我将所有希望都寄托在了以后——等减了肥，就好好打扮；等换了份稳定的工作，就好好陪小孩；等赚了足够多的钱，就去环游世界。

很多人都陷入这种对于未来的虚幻期待中，以至于忘记了残酷的现实。现实就是，不管你如何努力，也许你永远都瘦不下来，也许你的工作永远稳定不了，也许你永远也赚不够钱。如果是这样，你是继续自暴自弃下去，还是接受现实，从现在开始就试着和不完美的自己和解？没办法，要知道人生就像体重一样，你费尽全力，也未必能控制得了它。

当认识到这一点之后，我终于心平气和地接受了“我是胖子”这一事实。

顾城说，在我放弃了自己的时候，我忽然就自由了，我终于理解了什么叫自然而然。对于我来说，在我放弃了将一切希望都寄托于生活好转后如何如何的期待后，我忽然就自由了，于是我的美好生活从淘宝开始。我的一个同事说得对，女人的心情，三分天注定，七分靠 shopping。

从今天开始，做一个不嫌弃自己的胖子。淘宝、购物、自娱自乐。从今天开始，关心娃娃和朋友，我有我的生活，并不太好，也不太坏。

3 女文青有毒

不止一个朋友向我推荐了《革命之路》。有一个很久不见的同学甚至非常隆重地给我留言说：“你一定要看看，兴许对你的生活会有所启示。”

于是在今晚，我终于坐下来，认认真真地看完了这部电影。片子放了十分钟，老公评论说：“给你推荐这部电影的一定是个文艺青年。”二十分钟后，他看了我一眼，再次评论说：“所谓的文艺青年啊，就没有一个安分的。”五十分钟后，他宣布再也不看任何一部文艺青年爱看的电影，然后起身去睡觉。

老实说，我也不是很喜欢这部电影，但是为了等待传说中的启示，我还是忍了下来。快两个小时的观影过程中，我上了两次厕所，吃了一堆零食，在电影快要接近尾声时，当看到鲜血顺着艾佩尔的裙子往下滴，启示总算来了——多数人都是被自己给作死的。

“作”在这里是个中性词。我没有任何要批判艾佩尔的意思，毕竟，作是她的天性，不作的结果无非是死于绝望而已。没错，艾佩尔就是传说中的文艺女青年，这样的人，如我老公所言，生来就不安分，所以她自然不会满足于纽约小镇看似平静美满的生活。她想逃离这一切，于是鼓动丈夫弗兰克和她一起奔向巴黎。

巴黎，在这里是梦想的代名词。艾佩尔憧憬着，到了巴黎，就能摆脱现有的庸俗和无聊，过上理想的生活。巴黎在那个年代的美国人心目中，简直就是一场流动的盛宴。一开始弗兰克也投入到这场追梦行动中，但这很快抵不过升职加薪的诱惑，他动摇了，决定留在原地。艾佩尔愤而打掉了腹中的胎儿，不幸大出血去世了。

导演也许是想用弗兰克的懦弱来衬托艾佩尔的果敢，可是我看完整部电影后，最大的感触却是对弗兰克的满腔同情。也许《革命之路》的寓意在于梦想和现实的冲突，可是我看到的却是一个不作会死的文艺女青年在成功地将自己作死了之后，又毁掉了整个家庭。弗兰克何其无辜，他只是个普通的好人，尽着一个普通人的责任，辛苦工作，照顾妻儿，可是这一切，都被妻子不想做个普通人的愿望给毁掉了。从始至终，他对奔向巴黎都没有由衷的兴趣，只是为了顺从妻子的意志而已。影片中有一幕，这个好人终于按捺不住，指责艾佩尔说："一个正常的女人，一个正常的母亲，是不会为了什么劳什子空想而想打掉自己的胎儿。"

可是这一切在艾佩尔自己看来是正常不过的。她只不过是放纵自己的天性，没想到这种放纵带来的最后结果就是毁灭——她只是不幸中了文艺的毒。

没错，文艺就是一种毒，平常静静潜伏在你的灵魂里，根本察觉不到它的存在，一旦发作起来就足以带来灭顶之灾。对于一个正常人来说，梦想诚然可贵，可是脚踏实地生活下去更可贵。但真正的文青是不会这样想的，对于真正的文青来说，没有什么比理想的精神生活更可贵，他们可以为了理想世界不惜击碎现实世界，哪怕理想只是镜中花水中月。

从这个层面来看，弗兰克显然更睿智，他早就认识到了，换一个地方生活并没有什么两样。可是在艾佩尔看来，在文青们看来，逃离本身已足够吸引，或许他们一生追求的就是不断地逃离，从此处到彼处，永无止息。当发现巴黎去不了时，她选择自行堕胎这种无异于自杀的行为，还是在逃离，这次她成功了，终于从庸常的生活中逃出去了。

可是弗兰克无处可逃，作为正常人的他只能默默活下去，承受应该承受的一切。我不知道艾佩尔为什么那么恨弗兰克，连著名的包法利夫人在临死之前，也握着包法利医生的手说："你是个好人。"可是我们的弗兰克得到了什么？艾佩尔将对整个世界的恨意都转嫁到了这个无辜的人身上，她拒绝承认，弗兰克和她持有的人生观价值观完全不同。

可怜的包法利，可怜的弗兰克，可怜的千千万万娶了作死型女文青的普通男人。他们在结识这类女人时，往往被对方会演几出话剧、能聊几本小说这种文青气质所迷惑，没有想到，在这种表象背后隐藏着的是她们远比常人强烈的情感和敏感的神经，他们总有一天会发现，他们的文青妻子远比一般人脆弱、神经质以及歇斯底里。娶了一个作死型女文青回家，就像身边埋下了一颗炸弹，你永远都不知道它什么时候会突然爆炸。

作死型女文青最大的错误就是急急忙忙嫁人，嫁了人之后又抱怨对方不是她的灵魂伴侣，然后以此为借口要么忙着出轨要么整天折腾。从这个角度看王彩玲实在是太可贵了，她都那么孤单了，还是坚持着拒绝了一个平凡男人的求婚，只因为她认清了，他们不是一类人。

别说我在黑女文青，其实我是在自黑好不好。我承认，我的生活基本就是在正常人和文艺女青年的两极状态中摇摆，在正常状态里，我还勉强算得上是个开朗活泼的姑娘，爱说爱笑爱美食，会争会闹会撒泼，可是一旦被女文青附了体，就脆弱敏感得不像个人了，听首歌都能哭个半天，老想着要辞职去浪迹天涯，这跟艾佩尔想去巴黎没两样。说句良心话，每当这种文青状态持续得比较久，身边人真的挺累的。这就是我为什么同情弗兰克的真正原因。

所以,奉劝天下想要踏踏实实过日子的好男人们,珍爱生命,远离女文青。

那么女文青是不是只有孤独终老了？那也未必，就算文艺是种毒，你也可以找个同样中了毒的人来以毒攻毒。

4 两个女人的十年

1

中秋节的夜晚，收到李菁发来的祝贺短信，简单的四个字“中秋快乐”，我回了同样的四个字给她。

城里的月亮很圆很大，可在万家灯光的映衬下却暗淡无光。

有多久未见到李菁了？我怅惘地发现，我和她，居然认识了十年之久，十年的光阴并未将我们的友谊沉淀成芬芳佳酿，曾经浓烈如酒的感情，终于一点点淡至清浅如水。

十年里，我们见证了彼此所有的成长、疼痛、叛逆、迷惘甚至狂乱，我们曾经血脉相连心灵相通，一天一天，生活的河流从我们之间淌过去，我们终于站在了河的两岸。

下一个十年，我们或许还将默默地眺望着对方的生活，目睹着对方变得成熟、世故甚至面目可憎，我们之间的河流将越来越宽广，站在两岸的人再无交集的机会。

十年后的中秋节，我曾经最最亲爱的朋友，你还会淡淡地想起我来吗?

2

认识李菁那年我还只有十七岁。单薄、瘦弱、多愁善感，长长的刘海遮住半张脸，掉进人群中连影儿也找不到。

八月的一天，同样十七岁的李菁推门而入的那一刻，我几乎以为看到了整个秋天灿烂的阳光。李菁穿一条白裙子，见人未语先笑，大眼睛弯成月牙儿，有一种老辈人欣赏的那种喜气洋洋的美。

她那时的名字十分恶俗，居然叫金莲，不过倒是和她那种世俗的美貌相匹配。为这个名字她对父母愤恨了好多年，二十二岁那年终于改过来，所以，我还是循着她的所好叫她李菁吧。

说实话，初见李菁我就有自惭形秽的感觉，但同样的背景，同样的工作环境还是让我们成了如影相随的好友。我们都是师范生，被分配到这个偏僻的小镇来当孩子王，心里多少都有点不甘心，课余时间总有无限精力要发泄，跳舞、溜冰、打球、登山，哪里热闹就往哪里凑。镇上的人戏称我们是“双生花”，我们高矮胖瘦都差不多，穿上同样的白裙，留同样的披肩发，仗着青春无限，在小镇中招摇过市，引无数青年竞折腰。

接触过之后大家会发现我们其实很不一样。李菁是个发光体，热力四射，疯起来没有节制；我比较懂得控制贪玩的本性，相对来说更能耐得住寂寞。平常没有节目时，我可以静静地在宿舍看一整天书，李菁却一个劲儿地嚷着说“好闷啦”。于是她很快开始了轰轰烈烈的初恋，对方同样是年少英俊，郎才女貌，一时风光无限。现在想来那个男子生性轻薄，因为李菁本名金莲，喜欢叫她“小潘”。能将女友比作武松刀下的潘金莲，想必爱心有限。

走在街上，李菁总是左手牵着男友，右手牵着我，张扬地笑着说男人可以换，朋友是一生一世的，所以要用有力的右手握住友情。

我们一开始都是代课教师，有一阵学校连续两个月没发工资，我们真的是穷得揭不开锅了，李菁从男友那里借了一笔钱，也不多，早上去早餐店吃米粉时，我们为了省钱都吃小碗。那时候我还在发育，老觉得饿得慌，李菁总是把她碗里的米粉往我碗里拨，吃两口就抹抹嘴说饱了。

多少年过去了，我一直还记得，她往我的碗里拨米粉后，装作吃饱了却忍不住往我碗里瞥一眼的样子。

3

如果不是初恋失败，或许李菁就一直待在那个小镇里，相夫教子，岁月静好。

为那个男人，她吃了不少苦。小小年纪避孕措施做得若有若无，十八岁还未到就怀孕了。关键时刻，那个男人居然玩起了变脸，很快厌弃了哭哭啼啼要他负责的李菁，开始追逐镇上另一位漂亮女孩。

那些日子，李菁根本不能一个人入睡，黑暗的夜里，她伏在我的肩上荷荷哭泣，嘴里不断喃喃地说："小眉，他真的不要我了。"我一遍遍拭去她的泪水，在她耳边坚定地说："不要怕，你还有我，我会一直在这里陪你。"

只要你需要我，我会一直陪在你的身边，分享你的喜悦、忧伤和疼痛，男人会变心，爱情会褪色，但是请相信我，我不会抛弃你，友情不会。十八岁的我这样忠贞地想。

因为害羞，李菁选择了药流，谁知药流不彻底，只有到县城里去做人流手术。躺在冰冷的手术台上，她紧紧地握住我的手，一手的汗，软软的小手在我掌中怕痛似的颤动，我只有苦苦央求医生，让我留在她的身边，借这双手给她传达微薄的力量。

做完手术后，我惊讶地发现她一下子憔悴了不少，仿佛丰盈艳丽的花儿一夜之间就枯萎了。

我从饭店里买来鸡汤喂她喝，她头也不抬地喝着鸡汤，眼泪一滴滴流下来，掉进了温热的鸡汤中。

就是那一年，李菁毅然离开家乡，去洞庭湖边的一个小城打拼。她开了一家精品店，对美的敏感使她的小店生意蒸蒸日上。我仍在家中教书，每逢寒暑假便去小城看她。

李菁身边的男朋友走马灯似的换，她总是停不下来，每次去都能遇见她隆重推出的新男友，我略微说她两句，她就撒娇说"一个人好闷的啦"，受了爱情滋润的小脸光彩照人，让我不忍再说下去。

二十岁我爱上了一个男人，不顾羞耻、要死要活地爱着，爱得甚至有点厌恶自己模样的清淡，想像李菁那样，妆容靓丽衣装火辣让他喷鼻血。李菁知道后，给我寄来大包小包的化妆品，叮嘱说酒红色的唇彩最适合我，千万别用粉红色。

我听了她的，浓妆艳抹，奋不顾身地投入那场酒红一样魅惑的爱情中去。

4

二十一岁那年，我终于结束那段让我生生死死的爱情，办了停薪留职去投奔李菁。

李菁带我去吃那个城市出名的鸭脖子，辣得我涕泪纵横。她伸过手来揽住我，安慰我说小眉你别哭，不就是一个男人嘛，明天姐姐就去给你找一打来。

我坚决地摇了摇头。

从十七岁开始，我就比较懂得控制自己的欲望，这次我不打算用一段新爱来疗旧伤，而是准备考研。

李菁没有讽刺我说师范生考研是多么自不量力，她默默地为我买来一堆英语书，每天中午不在家时都让店里的小妹给我送饭。冬天的小城很冷，她又不声不响地买来电热毯和取暖器给我用。我考研的那两天，她比我还紧张，巴巴地托人从南岳山求来个小玉佛，非让我戴着去考试。

一年后，我如愿以偿到岳麓山脚下一家高校学古代文学，交了新的男朋友。李菁偶尔会到长沙来玩，见到男友对我百依百顺，不禁打趣说，小眉，我拿我交过的十个男朋友换你的一个好不好？语气中不无沧桑。

后来，李菁的生意越做越好，一口气开了三四家连锁店，家里的父母兄弟都在她的店里帮忙管理。生活都在朝好的方面发展，我们每次见面时，一谈起当初连大碗的米粉都吃不起的时候，都觉得又心酸又甜蜜。

如果不是任性，李菁应该能找个稳重可靠的男人嫁了，偏偏她自作主张看上了一个小她三岁的大男生，在我看来，这个男生整天在家里打游戏，除了外形俊朗一无可取之处。可李菁就爱了，而且还宣称非君不嫁。我苦口婆心地劝她，她反而问我："难道你不是因为爱情才和你男朋友在一起的吗？"我说："姐姐，我们年纪不小了，爱不起，也伤不起了，哪管得上爱不爱的，只要有个人真心对你好就可以了。"

李菁当然不会听，只怕心底对我的"将就"还鄙夷得很，只因为那男孩说她名字俗，她就上天入地四处托人硬是将身份证上的"李金莲"换成了"李菁"。我还是叫惯了她的旧名，常常会不自觉地叫错，当李菁急急纠正时，我突然感觉到她的新名字似乎切断了我们多年来的感情。

这一段我看来很快就要夭折的爱情居然持续了很久，因为不看好她的爱情，我和李菁之间竟然慢慢地疏远起来了。

5

研三的时候，毕业论文和工作像两座大山一样压在我头上，每天像个陀螺一样转个不停。接到李菁的电话时我正在图书馆自习，她的哭声从电话那端传过来，有点不真实的错觉。

我赶去见她，不禁被她高高耸起的肚子吓了一跳。李菁穿着一条皱巴巴的孕妇裙，哭着说那个男人卷走了一大笔钱，现在已失去了音信。

医生告诉我们这个时候做手术风险太大，李菁又哭。我对她说："别怕，我们要这个孩子。"

李菁生孩子的时候我在旁边陪着她，像很多年前一样，她握着我的手，一手的汗，我看着她的脸，发现她的眼角竟有细纹闪现，那种喜气洋洋的美，分明已呈疲态。我发现，原来，过多的爱也可以使人沧桑。

二十五岁的李菁，就这样成了一个未婚妈妈。儿子航航很像她，喜眉喜眼，李菁的QQ空间里铺天盖地的都是小航航的照片，她的爱情，难得地出现了真空时期，因为她把所有的爱，都交给了这个要陪伴她过后半生的小baby。

后来，我签了广东的一家报社，南下前想去见见她们母子，这时才发现李菁的身边居然又多了一个男人，用我的眼光来看，简直就是贼眉鼠目。我气得转身就走，李菁连忙出门来追我。

我说："你不为你自己，也为航航想想。"李菁凄惶地说："小眉，我不比你，我静不下来，你还这样年轻，可是你看看我，我的青春就快没了。"

我看着她俗艳的镂空黑纱短裙和过分鲜艳的口红，想起那个推门进来的喜笑颜开青春无限的小姑娘，我的眼泪不听话地流了下来。

“你好好保重。”我走过去，轻轻地抱了抱她。印象中，这是我们的最后一次拥抱。

后来，我南下，为未来的美好生活而打拼，李菁买了房买了车，独自一个人带着航航，身边仍有狂蜂浪蝶停留。她的感情，仍然不怎么顺利。她的生意，倒是一直都不错。

再后来，我们联络得越来越少，即使打个电话彼此说的话也牛头不对马嘴，最后干脆连极少的电话也略去，换成节日时的一个简短短信。知道对方都过得还不错，彼此就安心了。

我们的身边，各自有了一个相应的朋友圈子。时间过去一天，李菁的影子就淡去一分。有一天，我们终将相忘于江湖。但是你已留下你的烙印，在很多地方。去吃米粉时，我总会想起，你眼巴巴地看着我，享用着本应属于你的那份米粉；化妆时，我偏爱酒红色的唇彩，从来不用粉红色；你托人为我求来的那个小玉佛，一直躺在我的小箱子中。

或许，这是另一种形式的记得。我曾经最最亲爱的朋友，你的生命中，是否也有我留下的烙印呢?

5 归去来兮

在老家过年就是热闹，大年初一我们家宾客盈门，亲朋好友们团团地坐了几桌，打牌的打牌，说笑的说笑，一屋子的热闹喜庆。我正站在麻将桌边观摩，叔叔悄悄拉了拉我的衣袖：“喏，你还记得那个人不？”循着他的目光望去，我看见外面空落落的台阶上坐着一个人，卷卷的头发，白皙斯文，非常书卷气，手指间夹着根香烟，显得淡然而寂静。也许是因为屋里太过热闹，这份淡然而寂静竟然有点触目惊心。

“这是我们家媚媚，慧君你还有印象吗？”叔叔将我拉到了他的面前，他眯着眼打量了我一会儿，脸上那种寂静迅速转换为一个亲切的笑容：“原来是媚媚啊，现在都这么大了。我记得上次见你时，还只有这么高。”他站起来，伸出手在腰间比画了一下。微笑着的他高大挺拔，和一旁早已发福的叔叔形成了鲜明对比，要不是知道他的真实年龄，我真不敢相信他们是同龄人，都快五十了。

我还在发愣，叔叔在背后推了我一把：“都不认识了吗？快叫人啊。”

我上前一步，腼腆地叫了声：“慧哥哥，好久不见，你还好吗？”“还好还好。”他低下头看着我温和地微笑，长大了的我仍只有他胸口那么高，多少年过去了，很多事情都变了，唯一不变的是，他仍然是本家族乃至本村最高的人。

慧哥哥不单曾是本村最高的人，更曾是村子里所有人的骄傲。他是我大姨奶奶的孙子，年龄却和我叔叔差不多。上个世纪 80 年代，当我们家为终于培养出叔叔这样一个中专生（那时候中专也是包分配的，属于铁饭碗）而深感自豪时，原本在乡政府工作的慧哥哥考上了中国人民大学，成为了本村第一个研究生，而且是北京名牌大学的研究生！

消息传来，举村沸腾，我们村叫光冲，顾名思义，是个穷得一塌糊涂的山窝窝，邻村姑娘通常都不愿意下嫁，村人自觉低人一等。这下子出了个京城的“状元”，村人顿感扬眉吐气与有荣焉，光冲立马从穷乡僻壤变为人杰地灵的代名词。说来也怪，从慧哥哥以后，我们村连续出了许多大学生研究生，直到我上学那会儿，仍然被老师目为“读书种子”，理由是：“你们光冲专出状元！”

那时候还没有“凤凰男”这一说法，但在乡人眼中，慧哥哥不啻为一只从山沟沟里飞出的金凤凰。从读研究生起，他就开始平步青云，毕业后分配到国务院下属单位的政策研究室，用我叔叔的话来说，“那可是个京官”，而那时他却在某乡政府“屈就”，对这位一起长大的表侄子充满了艳羡。

在儿时的我眼中，京官也是个好得不得了的职务。小时候只要一听说慧哥哥回家了，我们小孩就会撒开脚丫子往他家里跑，这时大姨奶奶总会拿出各种高级糖果来，每个人给个三五粒，因为有亲戚关系，我分到的糖果总比其他小孩多。要是小伙伴们不服，我就神气活现地说：“那是我们家慧哥哥从北京带回来的，有本事让你哥哥也去北京啊！”

虽说是亲戚，其实慧哥哥每次回家都很忙，印象中和他接触的只有一次，是爸爸请他来教我朗诵，我磕磕巴巴地读了一小段课文，得到了他的嘉许：“媚媚普通话挺不错的，就是没后鼻音，以后到北京来报考广播学院啊。”我一激动差点把这当成平生志向。

慧哥哥每次回村都会引起村人的慨叹，他越来越白净了，他居然戴了一条长长的围巾，他一点儿都不像个农村人，他说话的口音真好听，好家伙，居然有一辆小汽车把他送到了村支部，得是多大的官才有小汽车接送啊！那时候我还不知道“范儿”这两个字，现在想来，在村人眼中，慧哥哥一定特别有“京官范儿”，任何事物，一旦和京城沾边，就意味着时髦、富裕和新鲜。

我记得慧哥哥很爱唱歌，偶尔会看见他双手插在风衣口袋里，悠闲地漫步于田间小路上，深情地唱：“归来哟，归来吧！浪迹天涯的游子。”小小的我心里面真是莫名惊诧，哪有人一个劲地呼喊着要“鬼来哟，鬼来吧”！虽然那时很怕鬼，却隐隐觉得那旋律很动听，听了想哭。

后来我听说慧哥哥每次回老家，先是湖南省政府派人去接，到了邵阳又有地方政府去接，家中的几间土砖屋被人踏破了门槛，挤满了想要和他结交的人。大姨奶奶守寡多年，儿媳妇是个不太中用的人，慧哥哥从小到大就是她带大的，这个孙子真是她的心尖尖肉，含辛茹苦地总算培养成材了，不承想天不假年，偏偏不久就患了重病。瘦成一把柴的她躺在床上，声声念叨着尚在京城的大孙子，可等到孙子风尘仆仆地赶回时，堂屋里已摆了一口灵柩。慧哥哥跪倒在奶奶的遗像前，哭成了一个泪人。

那时的他还不到三十岁，少年得志，大有“好风凭借力，送我上青云”之势，志得意满之余不免头脑发热。约摸在 90 年代初，我爸和我叔帮忙送他妈妈入京，趁机在北京游玩了一圈，发现慧哥哥虽然是京官，但收入其实并不高，那时他把母亲和弟弟、弟媳都接进了京，要养活一大家子人并不容易，所以萌发了下海的念头。

根据叔叔的分析，这只是表面原因，其深层原因是他的仕途那时有点不顺，因为不留神站错了队，颇受了一阵打击，一气之下，就辞职去了当时的联想集团做高管。谁也不曾料想的是，从那以后，他的人生就此一路下坠。

“京官做得好好的，要去企业做高管，高管做得好好的，又出来自己单干。”叔叔回忆说，慧哥哥一开始的生意也做得风生水起，常常在《人民日报》上登广告，后来不知得罪了哪路神仙，被处以重罚，从此便每况愈下了。终于，他连手头仅剩的一套住房都卖了抵现，但还是回天无力，公司就此解散了。那房子要留到如今，怕也值个一两百万。

2005 年左右，叔叔到北京出差，那时慧哥哥在中关村租了间小小的办公室，雇了一个外来妹接电话，这就是他所谓的创业现状了。一到晚上，就把办公室的沙发打开来，在上面草草入睡。那时，叔叔因为婶婶能干的缘故，已调到了县里，手头房子就有好几套，出行都有小车接送，两个女儿又聪明伶俐，日子正朝着越来越好的方向奔去。而慧哥哥呢，中年潦倒，落魄江湖，交往多年的女友也一直若即若离，连家庭温馨也享受不了，大半生苦苦挣扎，奋发向前，最后却总输给了命运的翻云覆雨手。时也，命也？叔叔叹着气总结说：“都说性格决定命运，慧君这人哪，我看做什么都不会成功，心气太高。其实他不知道，有才华有能力的人多的是，像我们这种乡下出身的，只要走错一步，就会前功尽弃。”

当年那班与慧哥哥共事的同僚，现在不是中央某部的干部，就是上市公司的高管，只有他，仍然寄居在北京一间出租屋内，当年意气风发的少年郎已熬成了京华倦客。漂泊他乡的日子里，他是不是也会想起故乡的小山村，在心里默念“归去来兮”？但这已经不是陶渊明的那个时代，即便归来，平生万事，哪堪回首！

不单是田园已芜，就连素来敬仰他的村人对他的态度也渐渐转为怜悯。是的，他们并不像他那样才高八斗见多识广，但他们至少还有个其乐融融的小家庭，这就是他们怜惜他的理由了。但我深知，他是不需要旁人的怜惜的，所以偶尔回乡，他总是默坐在他家仍未翻新的土砖屋里，很少出去串门。

凤凰纵使落了架，那也是凤凰啊，骨子里仍有着凡鸟们所不具备的骄傲和高洁。已经年近五旬的他坐在人群中，还是那样出挑。他淡淡地说他过得还好，近来朋友借给他一百万，生意渐渐有了起色。

我宁愿相信事情就像他所说的那样，一切还好，他会像年少时那样，再次一飞冲天，尽管我们都清楚，这兴许注定只是个美好的理想。

在我家吃完饭，他略坐了一会儿就起身告辞了。风吹起他的衣袂，这么多年过去了，他的背影仍然那样挺拔。我仿佛看见了多年前的那个男子，穿着风衣，披着围巾，漫步在田间水边，深情地唱着那首歌：

天边飘过故乡的云
它不停地向我召唤
当身边的微风轻轻吹起
有个声音在对我呼唤
归来吧 归来哟
浪迹天涯的游子
归来吧 归来哟
别再四处飘泊
踏着沉重的脚步
归乡路是那么漫长
当身边的微风轻轻吹起

吹来故乡泥土的芳香
归来吧 归来哟
浪迹天涯的游子
归来吧 归来哟
我已厌倦飘泊
我已是满怀疲惫
眼里是酸楚的泪
那故乡的风和故乡的云
为我抹去创痕
我曾经豪情万丈
归来却空空的行囊
那故乡的风和故乡的云
为我抚平创伤

那时候，他正青春我还小，唱的人和听的人其实都不明白，这是一首多么令人伤痛的歌。

6 集体生活

有次和来自舟山群岛的一位姐姐聊天，她说那里有很多无名的小岛在拍卖，听到这儿我不禁怦然心动。舟山啊，那可是传说中的桃花岛所在之处，我多想买下其中的一处小岛，去那里长住。我才不想学黄药师做个孤独终老的岛主，我只是想和我的朋友们，面朝大海，把酒临风，过上一种呼朋引伴的集体生活。

江湖传闻我是一个习惯于独来独往的人，其实那只是一种假象，就像村上春树小说中所言，“哪里是喜欢孤独，只是不想勉强交朋友而已”。所以，我最喜欢的金庸小说人物是令狐冲，他天性热爱交朋友，贩夫走卒亦能与之为友，不管是华山之巅还是五霸冈上，冲哥所到之处总是一团热闹。推杯换盏谈笑风生之际，江湖不再寂寞如雪。

或许你会说令狐冲太过热爱集体生活，这不符合我们对于传统英雄的定义，传统英雄往往要像独孤求败那样天地孤影任我行，但是，如果英雄的宿命是孤独，我想令狐冲会淡然一笑说，这样的英雄不做也罢。

我们的冲哥是欢乐英雄，正是围绕在他身边的朋友，如采花大盗田伯光，如风情万种蓝凤凰，如狂放不羁向问天，造就了令狐冲简单美好的江湖生活。

在这个江湖里，你毋须装模作样，更不必处心积虑，我们只需要敞开心扉，凭着直觉去结交天下值得交的好朋友。这个值得交的标准无非四个字——气味相投，谈得来的话，便是淫贼又何妨，谈不来的话，哪怕你是少林掌门我也要掉头就走。

让那些所谓的主流评判标准见鬼去吧，我只希望这一生能多遇见几个性情投机的好朋友，我们在茫茫人海中一见如故，我们大块吃肉大碗喝酒，我们抚掌大唱《沧海一声笑》，我们在一起即使什么都不做，那也是最美妙的时光，因为我们心心相印。

我想不单是我，大多数中国人都向往这种美好的集体生活吧，所以古龙的《欢乐英雄》才这么有市场，所以兰亭集会、曲水流觞之类的聚会才演变成了国人心灵史上最美妙的一幕，所以竹林七贤、商山四皓才如此令人景慕。在中国的隐居文化里，最理想的隐居方式并不是离群索居，而是和三五好友，相与遁世。即使高洁如陶渊明，在归农之后都惦念着要移居到另一个村子，“闻多素心人，乐与数朝夕”，因为那里有志同道合的好朋友啊。没有朋友的生活将会怎样？简直不敢设想。

也许是抱了太大的热望，对于这种美好的集体生活我一直求之而不得。在我幼时，曾经将这种向往付诸行动。那时我们村的小伙伴们都深受武侠小说的影响，痴迷于称兄道弟，我们曾经在一起自编自导自演过许多行为艺术短剧，现在想起来还兴味盎然。

《少林寺》热播那会儿，我们相约集体离家出走，结果走出十几里的时候，腿肚子开始抽筋，肚子也饿了，只好怀着一腔孤愤回了家。月光好的夜晚，几个胆子大的小伙伴从家里偷来米酒，我们一边在月光下打牌闲扯，一边故作潇洒地喝着酒，天知道那酒有多烈多难喝，但是谁敢不喝呢？

下雨天，我们特意神经兮兮地爬上后山，找一棵亭亭如盖的茶子树，弄些茅草树叶放在树冠上，就成了一柄天然的大伞。在小朋友眼中，这可不是一把普通的伞，而是我们安身立命的门派。其中最神经的一个将其命名为“飘香楼”，并拿小刀在树干上刻出了这三个字，于是几个小神经极其严肃地撮土为香，结拜兄妹，发誓从此有难同当有福共享。

为了使结拜更具仪式感，我们在下山后还找来真正的香，忍痛在各自的手腕处烫了一个印记，现在想来，那得有多大的勇气啊！如今我的左手腕处还有一个疑似半月形的疤痕，提醒着我当时的名号中是有一个“月”字的。

不瞒你说，最神经的那个小朋友正是区区在下。那时候的我还不知道，在我以后漫长的人生里，再也不曾重温过儿时那种热血烂漫的集体生活。曾经有很多次机会，我一度以为我找到了“组织”，后来却不无沮丧地发现，这个组织并不需要我。又或者是，我和该组织其实格格不入。最令我沮丧的是，我发现大多数组织是基于利益结盟，组织就像一个小社会，同样的阶层鲜明尔虞我诈。又或者是，儿时的帮派已蜕变为成人的组织，只有我还保持着一个儿童的天真和热望，注定找不到一个容身之处。

就这样，我开始游离于团体之外，成了人们眼中的独行者。读书时我最早搬离宿舍，工作后我对一切集体活动保持冷漠，我越来越自闭越来越孤僻，到最后竟成了传说中的宅女。我曾经不敢设想没有朋友的生活，但是我不得不悲哀地承认，喜欢我的人越来越少。谁他妈的真正喜欢孤独啊，我只是在践行欧阳锋的那句名言：如果你不想被拒绝，那么最好的方式是拒绝别人。

我是多么地向往集体生活啊，可现在我只能宅在家中，将一腔热血抛洒到虚拟世界里。我还是那样地渴望去隐居，和我的朋友们一道。在我的小岛伙伴清单里，我不时将某个人的名字划掉，又不时加上某个人的名字，只是我不知道，如果每个人心中都有一份这样的清单，我的名字又会出现在谁的清单上呢?

或许单纯美好的集体生活只能是生命中的昙花一现。看看我们可爱的冲哥吧，最后也只能告别他的朋友们，和任盈盈去偕隐。也许人们都看清了一个事实，再美好的集体生活，到了最后都会分崩离析。只是我心中还是存了一丝痴心妄想，希望在有生之年，能再有那么一段心心相印、休戚与共的集体生活。

桃花岛上的桃花开得再美，如果只有一个人坐望春风，又是何等寂寞。我宁愿和我的朋友们，坐在脏乎乎的大排档里，喝着便宜的二锅头，啃着五花肉，听着《十八摸》，酒倒杯干，倾心相谈，欣欣然不知东方之既白。

keep calm

and

carry on

第五章

那些书中人教我的事

1 潘金莲的法宝和李瓶儿的身材

潘金莲拿什么来争宠?

当《甄嬛传》走红的时候，我曾经守着电视机不眠不休地看了几天几夜，末了又找来小说原著细细研读。看着甄嬛华妃们一个个乌眼鸡似的斗来斗去，真是不亦快哉，这书写得热闹好看，只是有个大破绽——居然没有涉及到房中术！各位看官，这难道不是妻妾争宠的核心武器吗?

流潋紫花了一大堆词藻来描绘女主如何貌美如花如何聪明绝顶，还不惜用上了“女中诸葛”这样的词儿，她想说服读者，嬛嬛光凭着高贵冷艳的劲儿就能够固宠多年，你相信吗? 反正我不信。比较起来，还是安陵容的得宠比较有说服力。这姑娘擅长调制催情迷香，让皇帝一入寝宫就情不自禁，算是沾了点房中术的边。迷恋嬛嬛的姑娘们，醒醒吧，要在三千佳丽中脱颖而出，玩高贵冷艳估计早被一巴掌扇死了。

要想了解妻妾争宠的真相，最好的教材不是《甄嬛传》，而是《金瓶梅》。其实苏童的小说《妻妾成群》中也隐约写到了这一点，颂莲最初嫁给陈老爷做第四房小妾时，就是因为床上的机灵劲儿很快成了新宠，后来的失宠多半是因为不肯迁就陈老爷的性趣味，另一个愿意迁就的小妾立马翻了身。

当然，苏童写得较为隐讳，远远不如兰陵笑笑生那样秉笔直书百无禁忌。一本《金瓶梅》，通篇都是性事，难怪会被视为天下第一淫书。西门大官人的府中，无时不在上演着风月大战，女人们试图通过对西门庆性的占有，来争夺在丈夫心目中乃至整个府中的地位。看上去有点不堪吧，可是这才是血淋淋的真相啊。

西门府中的争宠大战丝毫不比雍正皇帝的后宫平静，甚至更真实、更残酷。西门庆除了正妻吴月娘外，还有五房小妾，其中包括妓女出身的李娇儿，丫头转正的孙雪娥，还有死了丈夫嫁过来的孟玉楼、潘金莲、李瓶儿。在这五个小妾中，李娇儿和孙雪娥基本上属于靠边站的，纯粹凑个数而已。

都说能抓住男人的胃就能抓住男人的心，这样的准则其实只适合穷苦百姓。富人家厨娘成群，哪个少奶奶还亲自洗手做羹汤。孙雪娥是因为“整治得一手好汤水”才被纳为第四房小妾，可是婚后照样在灶上忙活，时不时还吃西门庆一顿暴打。

孟玉楼和李瓶儿明显受重视得多，原因很简单，这二位有钱！她们虽是再嫁的寡妇，可是都带来了前夫留下的大笔银子。有陪嫁傍身，腰杆自然粗了。很多人都以为西门庆离了潘金莲就活不了，事实上他在武大死后，潘金莲眼巴巴盼着他来迎娶，这时媒婆薛嫂上门说亲，推介孟玉楼说：“手里有一分好钱，南京拔步床也有两张。四季衣服，妆花袍儿，插不下手去，也有四五只箱子。珠子箍儿，胡珠环子，金宝石头面，金镯银钏不消说。手里现银子，她也有上千两。好三梭布也有三二百筒。”

西门庆一听，马上动了心，上门看过后急吼吼地娶进家，把潘金莲搁置了好长一段时间，后来还是她想办法寄了小曲儿给西门庆，才有机会嫁进去，只能屈居第五了。

李瓶儿也有钱，书中说她“散漫使钱”，所以合家上下无一不说她好。这二位嫁进府后，为西门府上的万贯家财锦上添花，说是小妾，从丈夫到奴才谁敢轻视？所以说，经济地位决定家庭地位，从古至今都没变过。

潘金莲是穷得叮当响的，她这么争强好胜的人，偏偏没有银子傍身，什么都只得开口向枕边人要，基本上每次欢爱之后，都会向西门庆索要点小物件。风雪夜姐妹们一齐出去做客，人人都有皮袄，独独她没有，说是西门庆心尖尖上的人，其实连件皮袄也没替她置办过，还是李瓶儿死了后拣她剩下的穿，为此甚至被吴月娘数落了一通。潘金莲本来是个处处要拔尖的人，为了件皮袄却不得不在汉子面前做小伏低一回，这人啊，真不能太穷，一穷就容易志短。

有钱可以让丈夫尊敬，可要赢得丈夫的欢心，光有钱还远远不够。同样是有钱的小妾，孟玉楼就远远不如李瓶儿得宠。张竹坡评点《金瓶梅》时，对孟玉楼大为叹赏，认为她在西门府中不受重视是为屈才。孟玉楼这个人在书中地位很奇特，处处都有她，但处处都不是主角，她和潘金莲交好，很多时候都像是后者的陪衬，作者似乎也有意识将她作为潘金莲的对立面来写。写潘金莲时大肆渲染其淫荡，写孟玉楼却多用洁笔。在西门家，贞女自然不如淫妇讨好，所以孟玉楼只落得个张竹坡为之叫屈的局面。

在西门家，论出身，潘金莲不如嫡妻吴月娘，拼家当，又拼不过孟玉楼和李瓶儿，就是她引以为傲的美色，其实也没什么稀罕。西门庆妻妾个个都饶有姿色，在奶子如意儿的点评中，认为她还不如孙雪娥清秀白净呢。要说她的优势，倒也有几点，一是口才好，嘴皮子利索，一张嘴简直集民间俚语之大成，顺口溜歇后语随口拈来，这样的利嘴，既讨人爱也逗人嫌；二是色艺双绝，别小看潘金莲，她其实堪称《金瓶梅》中第一才女，书中说她上过几年女学，能识字读书，时兴戏曲无所不知。书中也只有她，每每和情郎分离后，会寄个《山坡羊》之类的曲子传情，思春的时候除了打丫头骂小厮外，也会雪夜弄琵琶抒发满腔幽怨。看似庸俗的西门庆其实还是有点精神追求的，可以说潘金莲的才艺为她加分不少。

但光靠这些还不行，潘金莲的制胜法宝是秉风情擅风月。书中和西门庆有染的女子至少有一打，可要说媚术一道，无人可和潘金莲匹敌。她的长处在于敢为人之不敢为，能为人之不能为，对西门庆百般俯就曲意奉承。具体战术是什么，兰陵笑笑生用一句诗总结得很好——自有内事迎郎意，殷勤爱把紫箫品。

读者朋友们，你们自己去体会吧。

唯一能够和潘金莲在房中术上一决高低的，只有李瓶儿。李瓶儿服侍花太监多年，获得了一套大内秘传出来的春宫图，西门庆刚刚勾搭上她的时候，两人曾按图索骥一一观摩演习。潘金莲无意中窥见了，当下视为至宝，眼界为之大开，可见李瓶儿的段数那时足以俯视众女。

不过一味好淫是需要身体本钱的，李瓶儿产后纵欲过度，染上了崩漏之症。潘金莲就强壮多了，她自言曾经小产过两个胎儿，好像完全不影响她日夜宣淫。后来李瓶儿油尽灯枯，潘金莲更是一家独大。

西门庆对这两个小妾都甚是宠爱，可是态度又有明显的不同。对李瓶儿是夫妻情分，有怜惜、有疼爱，也有尊敬；对潘金莲呢，性伙伴的意味要胜过夫妻。所以他但凡有什么新奇的性趣味，都是拿潘金莲来试验，甚至有性虐的倾向，醉闹葡萄架那一回，明显就像现在所说的SM，折腾得潘金莲差点就出了意外。不过很多时候，是她主动自愿地扮演性奴的角色，像我这么重口味的人，读到她为西门庆喝尿那一段，都忍不住有作呕的感觉。这样的事，李瓶儿是不屑做的，西门庆也不会让她做，对比起来，想想也不禁替潘金莲感到可悲。

潘金莲是不会自怜自艾的，她和春梅是整部书中最强大的人，因为无情，所以强大。男人对她们来说只剩下一个身份，就是性伙伴。西门庆其实还是有情义的，可以说他是死于潘金莲的纵欲，但临死之前，最抛不下的还是她，快要断气了还依依不舍地叮嘱她："我死之后，你们姐妹们不要失散了，好好地守着吧。"又对吴月娘说："六儿从前有什么不好的，你多担待。"

谁知道，西门庆尸骨未寒，潘金莲就和他女婿陈希济勾搭在一起了。

君生日日说恩情，君死又随人去了。

在对待夫君冷酷无情这一点上，潘金莲和甄嬛倒是有共通之处。窃以为，这二人能在一众妻妾中固宠不衰，靠的就是无情，不足为外人道的是，无情之外，还得御夫有术。

李瓶儿是《金瓶梅》中数一数二的美人儿，其姿色堪与潘金莲抗衡，所以才深得西门庆的宠爱。可这位大美人长得什么样呢？西门庆眼中的她"生得甚是白净，五短身材，瓜子面儿，细弯弯两道眉儿"。

且说我第一次看《金瓶梅》时，读得甚是粗疏，只有逢了"潘金莲大闹葡萄架"这样的香艳段落才一字不落地细细品读。当时我还是个羞涩少女，读得面红耳赤，心中知道是本好书，只是妙处难与人说。等到近日重读时，才把眼光放在衣食住行服饰容貌种种细节上，这才发现，原来书中的一等美人李瓶儿竟然是“五短身材”，我还以为是电子书闪花了眼，定睛一看，可不是嘛，这美人儿就是“五短身材”！

细翻全书，五短身材的还不止李瓶儿一个，光是在西门庆的六房妻妾中，就有三个是五短身材的。除了李瓶儿，还有吴月娘、孙雪娥。书中说孙“生得五短身材，有姿色”。可见五短身材不单不会减分，反而有加分的可能性。孙雪娥倒不如何得宠，李瓶儿看在西门庆眼里，却别有一番可爱可怜之处，足以压倒金瓶群芳。

五短身材在这里是娇小玲珑的另一种说法，并不像后来那样用来讽刺人长得腿短脖子粗。上古时代，流行的是以高大为美，《诗经》里面满纸都是庄姜那样的“硕人”，可见我们先民的眼光清新健康。汉代出了个赵飞燕，娇小苗条得掌上可舞，却比不上妹妹合德那样得君王欢心，赵合德可是个肥美人。这样的风气持续了很多年，到了唐时，还是杨贵妃那样的胖大美人吃香。一直等到宋明以后，文人们的审美情趣往柔弱纤细一脉发展，弱不胜衣的娇小美人才成了主流。

在《金瓶梅》的作者兰陵笑笑生眼里，小巧几乎成了美女的必要条件。同样是西门庆的小妾，三房孟玉楼就公认不如李瓶儿、潘金莲那样姿色出众。书中形容这位孟姐姐长挑身材，“行动时香风细细，坐下时淹然百媚”，除了脸上略有几点麻子外，并没有别的缺点。不知是不是因为在兰陵笑笑生的眼中，但凡长挑身材的女子就算不得一等一的美女？

值得一提的是，数百年以后，同样是身材高大的张爱玲，在胡兰成一时找不到好句子来形容她行坐走路时，忍不住指点他说：“《金瓶梅》里写孟玉楼行动时香风细细，坐下时淹然百媚，这‘淹然’二字就用得好。”这是典型的张爱玲式的自矜了，想想她在没有恋爱前真是寂寞，难怪胡兰成要称她为临水照花人了。

话归正题，淹然百媚的孟玉楼在西门大官人府中算不上出众的，合府上下分明都不待见长得高大的人。西门庆后来看上了家中伙计的老婆王六儿，长得高大长挑，潘金莲骂她是“大摔瓜长淫妇”，如此看来，金莲可能并不高大，不然这话就打了自己的脸。

在第七十五回中，如意儿在西门庆面前点评他的几房妻妾。

“我见五娘虽好模样儿，也中中儿的，红白肉色儿，不如后边大娘。三娘倒白净肉色儿，三娘只是多几个麻儿。倒是他雪姑娘生的清秀，又白净，五短身子儿。”

五娘就是潘金莲，素来以美貌自许，没想到在如意儿的眼中反而不如五短身材的吴月娘、孙雪娥那样清秀，输就输在不够娇小和白净上。如意儿的眼光，未必不具有一定代表性。

说起来，兰陵笑笑生和蒲松龄的审美品位倒比较相似。他们眼中的美女，大多是娇小柔弱、千伶百俐，他们还都偏爱小脚。《聊斋志异》的名篇《莲香》中，姓李的女鬼与桑生定情后，送了他一只绣花鞋，长不过数寸，桑生每当思念女鬼时就拿绣花鞋出来把玩。后来女鬼转世为人，脚变大了，穿不进原来的绣花鞋，伤心得绝食了几天，脚瘦了一圈才能穿进去。《金瓶梅》中的女子也大多缠着一双小脚，潘金莲春心萌动时，就是每天站在帘子后，单露出一双小脚勾引人。西门庆情挑潘金莲时，也是捏捏她的小脚，后来有次还把酒杯放到她的绣鞋内饮酒，称为“鞋杯”。古人真是口味重啊，请容我吐一会儿先……

还是曹雪芹最脱俗，审美并不完全受时人影响。一部《红楼梦》，并未明写有何人裹脚，我猜想姑娘们大多是不裹脚的，不然大观园那么大，整天在园子里走来走去，岂不累得慌？我总觉得曹公应该比较偏爱高挑女子，四春中他欣赏的探春是“长挑身材”，湘云也是“蜂腰猿背、鹤势螂形”，不过他最爱的林妹妹倒是很符合娇小柔弱的路线，所谓“娴静似娇花照水，行动如弱柳扶风”。

以上只是小说家言，那么历史上真正的明清美女是否真像兰陵笑笑生写的那样，即便是五短身材也不损其美呢？明清之际，最出名的美女莫过于秦淮八艳了，八艳中柳如是和李香君均以气节知名，很多人没想到的是，这两位侠名远扬的奇女子恰恰都是“五短身材”。

柳如是和钱谦益是著名的老少配，明亡时她曾劝钱投水报国，被钱以水太冷的理由拒绝了。这样一个富有侠风的女子，身材居然异常矮小，书中称她“为人短小，结束俏利，性机警，饶胆略”。尽管娇小玲珑，柳如是还干过女扮男装的事，更令人大跌眼镜的是，她也是一双小脚，陈寅恪还专门考证过她小脚的尺寸。可见长得矮不仅不妨碍她跻身秦淮八艳，更不妨碍她女扮男装行走江湖。

李香君因《桃花扇》声名大振，看书中描写总觉得她的美色远不如陈圆圆、顾媚，特色在于体态小巧玲珑，肤色莹白如玉，得了个绰号叫“香扇坠”。

香扇坠真是个绝妙的比喻啊，这个词语一度成为娇小美女的代名词，谁能够想到，有一天香扇坠式的美人会和纨扇一样，被弃置在时代的箱底，再无起用的可能。亦舒在《心扉的信》中就借梁守丹的口说：“母亲这一号美女早已过时，娇小玲珑香扇坠式女性已被浓眉大眼健美潇洒型替代。”

以前的人说“一白遮百丑”，我们现代人奉行的是“一高遮百丑”。孟玉楼如果生活在现代，单凭身材高挑一条，基本完胜“五短身材”的李瓶儿。

我生平最大的遗憾就是长得太矮，有时候简直觉得人生所有的不幸都发端于此。所以，当看到五短身材的李瓶儿也能把西门庆迷得五迷三道，看到为人短小的柳如是也能够艳名远播时，我只能仰天长叹，只恨吾生也晚。

2 大观园中，你最想住谁的屋子

近来装修，在网上下载了不少家居设计图，又到处跑到朋友家去参观学习，发现无非三种风格：一类中式古典风，家里摆满了各类木制家具，有钱的买红木黄花梨，没钱的就买仿红木；一类欧洲田园风，走的是小清新路线，卧室贴着一水儿的碎花或者格子墙纸；还有一类是繁华宫廷风，客厅挂着大吊灯，宽敞得可以用来开家庭舞会。

看花了眼的结果就是，我的选择恐惧症又发作了，不知道选哪种风格好。挚友取笑我说："通共才 120 平米，想装出一朵花来吗？当年大观园修好了，林妹妹她们选屋子都没你这么磨蹭！"

这话触动了我的心事，自从看了《红楼梦》后，我就和迎春一样，心心念念只盼着能去园子里住一住，哪怕只有几天也好啊。大观园不知是曹公杜撰出来的，还是像某些学者推测的那样，是以袁枚的随园作为原型的，总之是汇集了中国古典园林建筑的理想住所。我读红楼时，对衣饰打扮素来是过眼即忘，即使是吃食也不太经心，唯独对这个园子念念不忘。

倘若我等也可以像大观园的姐妹一样，可以任意挑拣喜欢的住所来居住，你会选谁的屋子呢？

作为林粉，我首先想到了林妹妹住的潇湘馆。这地方胜在清幽，屋外有万竿翠竹，正好配合林妹妹“天寒翠袖薄，日暮倚修竹”的幽怨形象。她住在这里，早晚听听风过竹林的声音，凤尾森森，龙吟细细，有助于增长诗情，作为一个现代人，我想的却是，竹子喜水，肯定招蚊虫，特别是夏天，引来一堆蚊子可不是什么妙事。可见我注定做不了诗人，考虑的都是很现实的问题。

潇湘馆最吸引我的不是门前的翠竹，而是黛玉的书房。书房里窗下案上设着笔砚，书架上垒着满满的书，难怪刘姥姥见了，会笑着说“这哪像个小姐的闺房，竟比那上等的书房还好”。作为书房，实在没必要再摆些多余的装饰品，腾些地方出来摆书是正经事。我很羡慕黛玉有这样一个垒满了书的书房，夏天的时候，捧着一卷书临窗细读，窗外的竹子一定会把书卷都染绿吧，想想真是美事。

与潇湘馆相对照的是宝玉住的怡红院，两所住所主打颜色一绿一红，风格也是一沉静一活泼。老实说，像我这样骨子里喜欢热闹的人，还是更爱怡红院，用我妈的话来说，这才是人住的屋子，有人气够喜庆！怡红院是个小型的花园，可能是为了契合宝玉护花使者的身份，屋前屋后都种满了花。门前一边种着芭蕉，一边种着海棠，从颜色搭配看起来的确让人有“怡红快绿”的感觉，后院满架蔷薇、宝相，一带水池。

再说室内装修，四面皆是雕空玲珑木板，一槅一槅，或有贮书处，或有设鼎处，或安置笔砚处，或供花设瓶，安放盆景处。真是花团锦簇，剔透玲珑。贾政批评宝玉说他一身“精致的淘气”，这样的脾性可不正该住这样的屋子，由着他充分发挥追求精致淘气的天性。

怡红院的缺点是太过花团锦簇，连地下镶的砖也是碧绿凿花的，我总疑心住久了会伤眼睛。难怪刘姥姥误入之后，会头晕眼花，酒力发作顺势睡在了宝玉的床上。宝二爷的床，用的可是“最精致的床帐”。不过对于醉后的刘姥姥来说，这样的精致无异于对牛弹琴。

迎春和惜春在十二钗中是一对存在感薄弱的姐妹，曹公在安排她们的住所时也显得略为敷衍。迎春住在紫菱洲的缀锦楼，与惜春住的藕香榭隔水相望，临水而居是很多现代人的理想，但是显然这两处住所在大观园中是被忽视的，就像它们的主人一样。要说房屋位置，我最中意的就是这两处了，夏天满池荷花盛开的美景自然不必说，到了冬天，也可以“留得枯荷听雨声”啊，林妹妹在李义山诗中最欣赏的就是这一句，实际上只有在到迎春房里做客时才看得到。

其实贾府中还是不乏有眼光的人，贾老太君就是其中一个。中秋夜合府团圆，她请宾客在缀锦阁（即缀锦楼）吃酒，让戏班在藕香榭奏乐、演唱，理由是“音乐借着水音更好听”。果然，箫声和着笛声，穿花度水而来，令人心旷神怡。贾母对颜色搭配也很有一套，就是她提议拿霞影纱去糊潇湘馆的窗子，为的是拿银红去配淡绿，这点我并不太赞同，“绿窗”在古时是一个特定的用词，具有丰富的审美内涵，如果换成朱窗，和林妹妹的性情也太不搭了。

后来看金庸的《天龙八部》，姑苏慕容公子有两个小丫环，阿朱住在“琴韵小筑”，阿碧住在“听香水榭”，两处似乎都是临水而筑，我疑心“听香水榭”是不是脱胎于惜春所住的“藕香榭”，两个小丫环在住处弹琴弄笛的话，乐声借着水声一定也很动听吧，慕容复再心机深沉，看在他调教了两个可爱的丫头分儿上，我始终无法讨厌他。

再说说其他人的住所，李纨住在稻香村，宝玉嫌大观园中种稻子人工痕迹太过明显，我却很喜欢家门前能够有一片稻田，春天绿油油的，秋天一片金黄，比什么花儿草儿看着都养眼。妙玉住的栊翠庵别的且不说，单是庵前的腊梅就很令人眼馋了，妙玉这个小尼姑，外冷内热，恰恰就像开在冬天里的一束红梅。大观园中似乎从不重复种植花草，所以宝玉喜欢红梅，也得巴巴地跑去找妙玉讨。

但我最爱的还是探春所住的秋爽斋。屋似主人形，探春素喜阔朗，所以她住的三间屋子并不隔断，当地放着一张花梨大理石大案，上面磊着各种名人法帖，并数十方宝砚，各色笔筒笔海内插的笔如松林一般，那一边放设着斗大一个汝窑花囊，插着满满一囊水晶球的白菊……左边紫檀架子上，放着一个大观窑的大盘，盘内盛着数十个娇黄玲珑大佛手……拔步床上，悬看葱绿双绣花卉草虫的纱帐。

三姑娘真是大气，屋子一气打通，里面摆的也都是大物件：大书桌、大花瓶、大盘子、大佛手。我猜想她平常练字时肯定喜欢颜体，果不其然，屋里就挂着颜真卿的法帖。我心目中理想的屋子，就是秋爽斋这个样子，全部打通，宽敞明亮，住在这样的房子里，连心里都跟着敞亮起来了。连亦舒都赞赏地说：“大书桌，大床，以白、黄为主色，文雅潇洒兼有之，写得累了，往床上一倒，嗅着花香果香，这贾三小姐恁地懂得享受，羡煞后人！”

说到室内装修，我第二爱的是宝钗住的蘅芜苑。宝姐姐住的房子雪洞一般，一色玩器俱无，案上只有一个土定瓶中供着数枝菊花，并两部书，茶奁茶杯而已，床上只吊着青纱帐幔，衾褥也十分朴素。贾母嫌这屋子太寒素了，她不知道，现代人管这叫“极简主义”。我生性惫懒，生活中什么事都恨不得删繁就简，落到装修上就是推崇“极简主义”，可能有人会质疑宝钗把屋子布置成这样是装老实，我却觉得她是出于天性，相信我，并不是每个女人都喜欢在家里到处挂满小玩意。

我猜想周作人肯定也很喜欢宝钗雪洞一样的屋子，他在书中说他特别推崇日式住所，房子里除了榻榻米外家徒四壁，环堵萧然，别无一物，平常被褥什么的都装进柜子里，睡觉时再拿出来用。我一直以为只有我一个人才喜欢家徒四壁的感觉，看了周作人的文章后才发现，原来我不是一个人啊！

现在我们家的装修已经接近尾声了，考虑到需要主卧、客人房、婴儿房，我实在没有魄力学探春，把家中所有房子都全部打通，只得维持原状。开发商送了个入户花园，我把它改成了一个小书房，窗前没有万竿修竹，只好做了个竹帘子挂在落地窗上。唯一值得一提的是，我们家和宝姐姐的房子好歹还有点像，都是雪洞一般，一色玩器俱无。

装修完后我曾经请挚友前来参观，并踌躇满志地请她点评。她沉默了一会儿，问：“你要我说真话还是说假话？”我说：“当然说真话。”她给出了五字评语：“家徒四壁啊！”她以为我会生气，没想到我不怒反笑，苍天可证，这才是我想追求的装修风格啊。

3 越堕落越美丽

不是第一次读黄碧云了，可是她的文字仍如初读时那样让我震撼，在黑夜里细读，让人低徊不已。香港真是一个神奇的地方，同样是女作家，有清淡如亦舒的，也有浓烈如黄碧云的。比起亦舒的高产，黄碧云算是很低产的，但寥寥数篇，其中却不乏让人百读不厌的作品。

我不知道“黄碧云”是不是她的真名，要是张爱玲见了，肯定会称赞她父母会取名。语出范仲淹的词“碧云天，黄叶地”，组合成“黄碧云”三个字，有色彩，有形象，令人想起黄昏时流动的一天云锦，真是最适合文艺女作家的名字了。

她的作品也给人同样的印象，既妖娆，又灵动，底子是已经近黄昏的衰颓气息。汪曾祺评价李贺的诗说“他的诗像是在黑底子上作画”，黄碧云的小说也像是在黑底子上作画，有了这层背景，爱和痛都显得格外凝重。在她的笔下，总是有一种末日前的狂欢气息，连欢聚也像告别。

黄碧云的小说里，没有一个主流的故事，她致力于描写那些常人难以启齿的欲望和爱慕。《她是女子，我也是女子》写的是女同性恋，《爱在纽约》中是多角恋，而且男主角兄弟间有一种隐忍的暧昧之情，印象最深刻的是哥哥克明抱着弟弟怀明在楼梯间拥吻，《桃花红》我记不太清了，似乎是各种不伦之恋，女主一直暗恋的是父亲。

要是换成李碧华来写，以她夸张的笔触，估计会写得无比耸人动闻。可是黄碧云并不，这些非常态的感情在她写来偏偏生动细腻，再自然不过，她的文风也十分浓烈，只因感情真挚，并不显得浮夸，绮词丽句只是她的皮毛，里头包裹着的是得不到化解和满足的欲望，像一块骨头一样硌得人隐隐生痛。

是的，读黄碧云总会勾起你心底深藏的隐秘欲望，你原本以为这些欲望是不正常的，应该被压制的，可是黄碧云淡淡地告诉你：没什么，你是这样，我也是这样，我们很多人都是这样的。比如说，这世上到底有没有百分之百的同性恋呢？许之行和叶细细也在男人堆中打滚，并不妨碍她们相爱。书中黄碧云借叶细细之口嘲弄世人对女同性恋的看法：所谓女同性恋哎哎唧唧的互相拥吻，那是男人们想象出来搅奇观，供他们眼目之娱的，我和之行就从没有这样。

之行和细细相拥着在宿舍轻轻起舞，之行往细细身上扔硬币，之行和细细点评亦舒萨冈——这样的事，你是否也曾和某位亲密女友一起干过，而且不止一次，你敢说，你从来没有对同性有过超乎友谊之上的爱慕吗？坦白说，我就有过这种念头。初读黄碧云的时候，会有一点点罪恶感，毕竟，我们一直推崇的是社会主义主流价值观，会自然而然地觉得“这样做是不对的”，然后就会释然，即使是不对的，那也是我们真实的欲望，你是要一直回避它，还是试着对自己说：好吧，其实也没什么了不起。

黄碧云笔下的人物也都是非常态的，甚至可以说多多少少都有几分“变态”。她写过一本随笔集叫《扬眉女子》，但这四个字其实一点都不适合她笔下的女子，说她们是“堕落天使”反而更恰当些。她们吸大麻，抽烟，流落异乡，和不止一个男人做爱，在都市里烟视媚行，深夜去公园玩打劫，甚至不断地呕吐。她们被欲望所攫取，从不抗拒，也不迎合，有一种就算置身其中也随时可抽身而去的疏离感。

她们一点儿也不快乐，叶细细也好，许之行也好，陈玉也好，都活得厌倦极了，当隐忍的欲望得到满足时，竟然是无穷无尽的空虚。和很多女作家一样，黄碧云也写性，但写得洁净克制，她小说中的女人似乎热衷于和各色男女纠缠，奇怪的是，好像她们从性爱中得到的不是欢愉，而是痛楚，她们好像并不喜欢性，但又不得不如此，就像她们也许并不想放浪行骸颠沛流离，可是没有法子，一点儿都由不得她们自己。

看过黄碧云的照片，年轻时长得很美，就是有种不好亲近的感觉，也许她有洁癖。《她是女子，我也是女子》中的叶细细索性说：“男人的精液是世上最肮脏的东西。”有洁癖的女作家写情欲纠缠也能写得十分洁净，因为女主角们一般多多少少对性比较冷淡。

我是亦舒的粉丝，可是坦白说，比起亦舒女郎来，其实我更愿意做黄碧云笔下的叶细细们。亦舒女郎永远目标明确勇往直前，知道自己该干什么，不该干什么，她们是绝对不会堕落也绝对不会颓废的，但是堕落其实是一种多么美丽的姿态啊，根本就不用费力，也不用挣扎，只需要跟随自己的欲望一路下坠，即使是下坠，那也是很快乐的下坠啊。

黄碧云最令我着迷的还是她的行文遣字，她用语尖新，算不上太规范的白话文，可有她自己的风格。《她是女子，我也是女子》我至少读了十遍，很短的一篇小说，只有五千多字，基本上可以称得上字字珠玑，语感太好了，很多句子我不用查原书就可以背出个大概，最著名的应该是那句：如果有一天，我们淹没在人群中，庸碌一生，那是因为我们没有努力活得丰盛。

我更喜欢细细思念之行的大段描写：“过宿舍，我总张望，之行在也不在？她在梳头，她在做功课，她在看报？她会不会想我？之行忽然在我生活中消失，我何等平静，无人知我内心起落。之行之行之行。之行的头发是不是长了？有没有人替她剪脚甲，涂寇丹？我走了，谁替她扣背后的钮？夜里谁来看她？谁想她？谁知道她快乐？她忧伤？谁与她争那小小的风光？谁是她心所爱，心所患？”

我也曾经这样思念过一个人，读到此处每每荡气回肠。之行真是个很别致的名字啊，特别是用粤语来念，牙齿轻轻触到舌尖，说不出的婉转动听。黄碧云喜欢在不同的小说中用重复的人名，频率最高的是叶细细这个名字，而且每篇小说中叶细细的性格都不同。《爱在纽约》中的叶细细和许之行性格索性调了个头：“细细亮丽如狐，笑声如一城的碎钻；之行聪明剔透，把事情的来龙之脉看得一清二楚。”

亮丽如狐，这样的尤物怕是非人间所有吧。

黄碧云写得少而精，许多人问她为什么不把书拿到大陆来出简体版，她回答，我不需要这么多读者，读者太多了我受不了。幸好，大陆读者并没有遗忘她，据我所知，有个女作家就叫叶细细，我猜，她一定是黄碧云的粉丝。

4 你所不知道的金庸另一面

昨晚八点多就睡了，做了一夜的梦，凌晨时分，梦见我终于决定提笔写武侠小说。在梦里，小说是以画面的形式出现的：少室山下，斜阳古道，一个梳双髻的青衣女子骑着毛驴慢慢走过，毛驴的脚步惊飞了一树归鸦……

熟悉这故事的人想必都知道，这女子正是天涯思君不能忘的郭襄，而我要写的小说，名字就叫《金庸小说补遗录》。我想以自己的一支拙笔和一颗痴心，去填补金庸小说中的那些留白之处，我想写下郭襄别过杨龙夫妇后是怎样辗转天涯的，小昭独走海外时是如何思念无忌的，令狐冲和任盈盈偕隐后是否还会偶尔想起那个为了他破戒偷西瓜的小尼姑仪琳？桃花岛上黄药师和阿蘅曾有过怎样的快乐时光，七公的手指究竟是如他所说因为贪吃误事断的，还是埋藏着不为人知的隐情，他的一生之中可有过最爱的人？

醒来知是梦，不胜悲。对着镜子洗脸的时候，眼泪忽然扑簌簌落下，大清早的，想起偏居海岛的金庸已经九十岁了，说不定哪天就要离我们远去，竟悲从中来，无法自抑。

以前读书的时候，导师胡遂教我们赏析文学作品时最推崇知人论事。可恨我在熟读金庸小说时，对其人其事完全一无所知。一直要等到多年以后，读了傅国涌的《金庸传》后，才算了解了之前所不知道的金庸另一面。

傅著《金庸传》其实着重介绍的是他作为报人查良镛的一面，但是了解了金庸的一生后，对读懂他的武侠小说不无裨益。

以前不明白，为什么金庸小说中的男主角几乎无一例外都是孤儿，而且大多身世伶仃零落依尘，现在才知道，日本入侵时金庸母亲即死于战乱，之后他远走香港后，父亲又被批斗至死。金庸哪是我之前想象的那个压根儿没吃过苦头的世家子，父母的逝世，尤其是母亲的过早离世一定在他心中留下了难以磨灭的伤痕。所以在他的小说中做了母亲的女子总是那样温柔美丽，连无恶不作的叶二娘，想起早夭的幼子来都温柔无比。

令人痛惜的是，金庸就像张无忌、杨过一样，承欢于母亲膝下的时间那么短，只能在回忆中怀念母亲的温柔。无忌、杨过一生都在寻找和母亲相似的人，无忌疼惜阿离是因为她和母亲素素神情相似，杨过对小龙女的依恋和孩子对母亲的依恋又何其相似。金庸呢，索性将对母亲的怀念之情倾注到笔下，塑造了一个个温柔深情的慈母形象，他的第一部小说《书剑恩仇录》中，陈家洛的母亲原本叫徐潮禄，和他母亲的名字徐禄只差一个字，后来才改成徐潮生。

所幸的是，母亲的柔情滋养了金庸的一生，一个人只要在童年时充分享受过父母的爱，终其一生都不至于太过偏激无情。幼时优裕的生活和双亲的呵护奠定了查良镛性格中温和敦厚的基调，从这个角度上，我们做读者的都应该感谢他的母亲徐禄。

金庸在未成为金庸之前，是吃过不少苦头的。求学时因为性格叛逆，两度被勒令退学，中学如此，大学也是如此。很多人对他八十岁时还要去剑桥读博士表示不能理解，认为“求名之心太盛”，其实，如果你知道他年少时的经历，说不定对他就会有“了解之同情”。对于一个有心通过读书来求仕的人，当时的退学对他打击何其之重，年老时求学剑桥，无非是对少年创痛的一种补偿。

战乱时他随着同学老师迁徙避乱，徒步数百公里，衣不覆体，食不果腹。这段经历是否很熟悉？很多年后，已经生活优裕的他写《倚天屠龙记》时，中间有一段就是小小张无忌和小小杨不悔千里独行，去昆仑山找妈妈的故事。以前我每读这一段，总是备感心酸，现在想来，小小的查良镛和师友一路跋涉，外有战乱之祸，内有枵腹之忧，所吃的苦一定不比无忌他们少吧。

大学肄业后，才二十出头的查良镛前景茫茫，不得已应友人父亲之邀，去湘西一个农场待了两年。那段记忆想来在他的印象中并不坏，所以他在写作《连城诀》时，才会把主人公狄云和小师妹生活的地点设在湘西。书中的湘西宛然一个境外的桃花源，那里民风敦朴、风景优美，狄云和戚芳终日劳作嬉戏，名叫梁山伯和祝英台的蝴蝶成双结对地飞着，“那时候的世界有多么好，天地间没半点伤心的事”。金庸对湘西是有特殊感情的，他曾经说过：“我小说中最好的男主角和最好的女主角都是湖南人。”前者指狄云，后者则是程灵素。

在湘西蛰伏了两年后，金庸到上海谋生，凭着出色的英文和不俗的写作能力，在《大公报》谋到了一个职位，几年后被派到了香港。

曾经有一篇文章叫《他们曾骑着白马穿过中国》，以富有诗意的笔调描述了金庸、黄霑、倪匡等人从大陆赴港的历程。不不不，现实远远没有这么诗意，不仅不诗意，说难堪也一点儿不过分。倪匡当年在内蒙古垦荒，九死一生从内蒙古逃到香港；金庸略好一点儿，但是去香港也是不得已。当时他杭州有女友，原本是不想去的，只因无人可派，不得已去香港当了开荒牛。

香港在当时只不过是一个孤岛渔村，人口不足五十万，百业俱废，时疫杂行，想必年少的金庸初到此地时，未必会很开心。但是他坚持了下来，后来还离开《大公报》，一手创办了《明报》。《明报》是在风雨飘摇中成长起来的，一开始的时候，可以说都是靠金庸的武侠小说连载撑起来的，筚路蓝缕的艰辛自不待言。谁能够想到，当初那个赤手空拳赴港的穷小子有一天会成为报业大亨，还赢得了生前身后名呢?

金庸的成功是时势使然，更离不开他个人的努力。看了《金庸传》后，我才知道他是个毅力惊人的人。他说自己“做什么事都不求速成，但求在缓慢中坚持”（大意如此），曾经有十几年，他每天坚持一手写社评，一手写武侠小说，他的那些长篇巨制就是在办报和杂务的空隙中累积而成的。

无怪乎他会写出郭靖这样一个人物了。傻小子郭靖没什么优点，有的只是一颗淳朴的心和一股水滴石穿的毅力，就凭着这股子毅力，天资愚钝的他居然成了绝顶高手。黄蓉天资胜过郭靖百倍，最后的成就却远远逊于其夫，天下黄蓉何其多矣，像郭靖这样的傻小子却难寻。

从金庸一生的经历来看，他的性格大体是温和中蕴藏着棱角。金庸的父亲死于非命，我不知道这件事对他影响有多深，碰到和此有关的访谈，他总是淡淡地说：“（父亲的死）这是时代的原因。”与此相应，金庸小说中男主角的父亲大多也死于非命，但是书中报仇雪恨的思想并不重。张无忌个性温和，即使亲眼目睹众人逼死了父母，后来有了报复的能力也并不施以报复；杨过这样性烈如火的人后来也对假想的杀父仇人黄蓉达成了谅解。

但这并不代表金庸就是温吞水老好人，不要被他面团团笑眯眯的外表迷惑了，其实他是有反骨的。早年求学时，他就以创作来影射学校官僚，导致两度退学。后来创办《明报》时，曾经一度被香港左派列入了暗杀名单，不得不暂避海外，饶是如此，也一点儿都没有改变他“不党不私”的办报初衷。

了解了他的这一面，再来看《笑傲江湖》中的令狐冲，是不是更加有亲近之感？因为不愿向权威低头，令狐冲被逐出师门，落魄江湖，最严重时身受重伤，奄奄一息，即便如此，他可曾服过一次软，低过一次头？如果你以为金庸只是个一团和气的富家翁，那就误读他太深了，能够创造出令狐冲这等一流人物的创作者，思想境界一定也有高出流俗的地方。

金庸一生最为推崇的人物古有张良范蠡，今有邓小平吴清源。这类人物的共同特征是“事了拂衣去，深藏功与名”，所以金庸才会选择在《明报》鼎盛之时转手卖出，他笔下的人物走的也大多是“功成身退”的道路。

金庸最好围棋，所以当世人物中尤重吴清源。他对吴清源下棋只重过程不重输赢的境界至为推崇。在他的武侠小说中，其实也出过吴清源一流的人物，那就是《天龙八部》中的无名老僧。至人无名，这兴许是金庸一生中暗自期许的人生境界，虽不能至，心向往之。

一转眼间，金庸已经封笔数十年了，人们对在世的文学偶像总是难免苛求。我曾经也和很多人一样，不能理解为什么他那么大年纪了，还要乘飞机在两岸三地跑来跑去，还要将早已深入人心的作品修订得面目全非。了解了他的故事后，我终于释然了，这么多年来，是读者们执意要将他捧上神坛，却一直忘了，金庸原来也是个人，是个有血有肉的人，他有他的追求、失落和执着，他有他生而为人的缺点，我们实在不应该拿神的标准来要求他。就像他的武侠小说一样，囿于形式不免也有很多缺点，但这并不妨碍人们对那些作品的喜爱。

记得小学五年级的时候，堂叔借给我一本《射雕英雄传》，我坐在茶子树下，一边看守着水坝一边读小说，惊异世界上居然有这么好看的小说。山间的风一阵阵吹过来，我少年的心也被这风吹得情怀激荡，多么想跟随着这风去山外，去那个有着靖哥哥和蓉儿的江湖，去看看桃花岛的桃花开得有多美。

很多年过去了，我如愿来到了山外，才发现江湖早已不是那个江湖，写故事的人已经老去，世界上原还有着比武侠小说更引人入胜的读物。但是，这些都不重要，如果你和我一样，曾经深深地爱过他笔下的那些人物，那么请让我们一起来感谢他，感谢他的小说曾经陪伴我们走过精神贫瘠的年少岁月，感谢令狐冲、张无忌的故事曾经滋养过我们最初的梦想。

他已经九十岁了，我不知道他能否像张三丰那样高寿，但是我相信，即便是数百年以后，仍然会有人读他写下的故事，在星空下，在小溪旁，在世界上每一个被汉语滋养过的角落。

查先生，请您多保重！

5 是抬头仰望月亮，还是低头捡起六便士

昨天早上和两个朋友去金钟水库散步，清晨空气清新，晨练的人也少，我们三个人肩并肩走在旷野之中，悠然地聊着天。

也许是大脑这会儿还没来得及被工作挣钱这类无聊的事占据，我们居然聊起了梦想。我们仨，最大的明年就四十了，最小的也已快三十一了，平常挂在嘴边的无非是孩子房子票子，只有在最亲近的朋友面前，才能小心翼翼地谈起心里残余的一点儿旧梦。

杨说，她在老家恩施乡下买了两栋房子，坐落在山水之间，空气好，等过几年，就回去装修一下开个茶馆，边招待客人边写点东西。“那房子真是个写作的好地方啊，以后你们每年来住上一两个月，清静，没人打扰。”杨的梦想是，四十岁以后，写出令自己满意的小说来。

我开玩笑地说：“等你开茶馆赚了钱，就包养我写作吧，给我搞个基金，保证我饿不死就行。”我做梦都想过上这样的生活，住在山上，和三五好友相对，每天伏案写作，写累了就靠在椅子上，听听风过松林的声音，光是想

想都觉得很美好。

燕子比较务实，没有那么多虚头巴脑的想法，她一直想换个更有发展空间的工作，对年轻人们一窝蜂都往体制内奔表示很难理解。“年纪轻轻的就奔个安稳，日子多无聊啊，怎么着我也是个有梦想的人。”她说。

说到梦想，三个人都笑了，有点儿羞赧，也有点儿骄傲。毕竟，梦想这事就像内裤，你可以有，但不能碰到人就说你有，可笑的是，现在的人个个都拿自己当超人，爱玩内裤外穿，大街上随便逮住一个什么人，都念叨着他是个有梦想的人。

在“中国梦”的概念刚提出时，领导安排我去采访各行各业的追梦人。这对于我个人而言是一次不怎么愉快的采访经历，因为没有想到，大多数人描述的梦想要么过于实际，要么流于轻飘。比如说，一个快要毕业的大四女生说，她的梦想是考上公务员，为了实现这个目标，她一年内辗转四地参加了六次考试，屡战屡败可还是准备鏖战到底。而绝大部分上班族的梦想则是来一次说走就走的旅行，或者开一家适合发呆的咖啡馆。每当听到这样的叙述，我的第一反应就是“你这是追求梦想吗？”你这纯粹就是追求好玩吧。特别是咖啡馆，为什么青年们一股脑地都想跑古镇上去开咖啡馆呢？为什么就不能开间面馆酒馆饺子馆什么的，难道就是因为咖啡馆听起来高端洋气上档次吗？

梦想啊梦想，多少人假你之名，行逃避之实。

比这更恶劣的是，随着电视选秀节目的风行，梦想简直成了一个滥俗的词语。用梦想冠名的节目一只手都数不过来，每个站在舞台上的人都说他是为了梦想而来，每当看到一个个选秀老油子热泪盈眶地说：“我站在这里，是为了追求我的梦想。”我都忍不住在心里喟然叹息，好好的姑娘小伙子，干吗非要在选秀这一棵树上吊死呢？你哪怕回家开个淘宝店都比较脚踏实地啊。不排除这些人中有真正热爱艺术的狂热分子，可是在多数人的额头上，我只看到了“急功近利”四个字。那些口口声声说自己心怀梦想的人，你们可曾想过，如果你所追求的梦想通往的并不是一条金光闪闪的大道，也不是一个舒适惬意的避风港，而是充满了荆棘和坎坷，那么你还会一往无前吗？

我也常常这样问自己，答案时而确定时而犹疑。可是有一个人毫不犹豫地说了“YES”，他的名字叫查尔斯，是毛姆在《月亮和六便士》中塑造的人物。四十岁以前，他和大多数人一样，过着庸碌无奇的生活，他在银行任职，拿着不高不低的薪水，养活着一家子人；四十岁以后，他抛家弃子一个人跑到了巴黎，住在破落的小旅馆里，身上只有 100 块钱，目的只是为了追求他的梦想——他要画画！

如果这样的故事发生在中国选秀的舞台上或者畅销书作者的励志小说里，查尔斯可能会在经历了穷困潦倒的日子后，终于一炮而红，然后要名有名要利有利，上演励志版的真人梦想秀。可是老毛姆对待他笔下的人物就像命运一样残酷——查尔斯没有红起来，而是流落到南太平洋的一个小岛上，和一个土著女子同居，染上麻风病后双目失明，死前让土著女子将他的画作付之一炬。

这就是查尔斯为梦想付出的代价。也许在大多数人眼中，这样的代价未免太大了，可是我觉得查尔斯不会后悔，在塔希提岛的丛林深处他获得了内心的宁静，他终于成为了他想要做的那种人，而不是一般人不得不做的那种人。

我现在还记得初读《月亮和六便士》后带给我的震撼，读了查尔斯的故事，梦想顿时从一个轻飘飘的词语变成了一个令人敬畏的存在。我这才知道，原来追求梦想从来不是一件容易的事儿，对于真正被梦想击中的人，梦想就是孔子所说的“造次必于是、颠沛必于是”的那个“是”，就是你即使碰得头破血流也舍不得丢弃的东西。所以，下次当你描述自己的梦想时，是否可以先花三秒钟考虑一下，你是不是像查尔斯说的那样，“我必须画画，就像溺水的人必须挣扎”。

这么说好像太悲壮了，或者也可以说，梦想就是即使他人嗤之以鼻你却自得其乐的东西。很多人觉得写东西很苦，可是王小波这样描述他的文学之路，“这条路是这样的，它在两条竹篱笆之中，篱笆上开满了紫色的牵牛花，在每个花蕊上，都落着一只蓝蜻蜓”，瞧瞧，多美啊，我相信双目失明后的查尔斯头脑中也出现了一个和这同样美丽的幻境，所以他才会在小土屋中画出令人目眩神迷的伊甸园图景。当人们都在忙于俯腰捡起触手可得的六便士时，他却在抬头眺望明月。即使失明之后，那轮明月也始终照耀在他的心上。

查尔斯的原型是画家高更，这个故事似乎特别让毛姆着迷，所以他不断地在作品中塑造这一类人物。在他的一篇短篇小说中，他将这类“被梦想击中”的人形容为“吞食魔果的人”，可能是他对南太平洋情有独钟，所以总是让这类人自我流放到某个海洋中的小岛上，对着椰林斜阳度过余生。

一般人可能没有查尔斯这样敢于抛弃一切的勇气，一般人还是只能够停留在固有的生活之中。但是真正有梦想的人，他们从来都不会因为遇到困难就轻易放弃，他们会脚踏实地、一步一步地朝着目标出发，哪怕梦想就像月亮一样遥不可及，哪怕通往的只是虚无。他们没有办法选择，因为他们也或多或少地吞食了魔果。

6 人书俱老

当当网五折的时候，一口气买下了邓云乡的好几本书，之前在朋友处借过一本他的《草木虫鱼》，十分喜欢，这次又增补了《红楼风俗谭》《红楼识小录》《云乡话食》。河北教育出版社出的这套书封面朴拙，内容丰富，最重要的是实在是太物美价廉了，打完折后每本平均不到十五元，是谁说过书价贵的？为了挣点稿费捏造这样的假新闻，我呸我呸我呸呸呸！

这一套书中，最先看的是红楼系列，这是我多年来形成的阅读习惯，遇到和红楼有关的书就想先睹为快。《红楼风俗谭》很扎实，全是实打实的干货，没有掺任何水分。再年轻几岁时，这样的书我是看不进去的，那时候的我喜欢看的是各类误读、歪读，沉醉于光怪陆离的过度解读之中，对这类细说民俗的书完全没有耐心看下去。老天保佑，多年后我居然能够静下心来看邓云乡的书，而且看得津津有味，当然，因为我的八卦和吃货本性，看书时最感兴趣的还是“林家和薛家到底哪家更阔”“宝玉和湘云为什么商议要生吃鹿肉”这类细节。

这样的阅读习性又一次证明了我的确不适合走学术这条路。当年读研时，有个我非常佩服的老师就曾说过，要学古代文学，要先从“小学”入手。所谓“小学”，是指文字学。可像我这样半路出家的人，连繁体字都认不全，自然是连小学的门都摸不到。话说回来，这只是我在为自己的不学无术找借口，要想学的话什么时候开始都不算晚，关键是以我这种浮躁急进的天性，要去研究训诂音韵什么的，估计早急得一口血喷出来，然后就没有然后了。

那时心高气傲，认为考据什么的最无趣了，现在早纠正了这个观点。考据的书也可以写得很好看，比如说《孟晖女史》，一支笔活色生香，从潘金莲的发型一直说到杨玉环的香汗，读起来只觉得杂花生树，耀眼生辉。邓云乡的红楼系列与之相比，少了几分脂粉气，多了几分烟火味，那些旧时民俗在他笔下仿佛重新焕发出生命力来，令读者备感亲切。

广东有句方言“讲古”，和讲故事的意思有点类似，但多了一层追忆往事的意味。看邓云乡的书，就像在听一个老年人“讲古”，北平风物、故园草木、民俗掌故一一道来，语气是亲切的，情感是真挚的，娓娓动人，平易可亲。让我想起了幼年夏夜乘凉时，满天的星斗之下，村里的老人一边轻摇着蒲扇，一边为我们孩子们讲故事的场景。如今，那样的场景再难寻了。

最喜欢的还是《云乡话食》。邓云乡早年在北京长大，后来客居江南，念念不忘的始终是北京的各色吃食。他手里捧着南方的山芋，念叨的是——北京的白薯烤透了，又甜又香，又糯又腻，入口即化，比起上海一带的那种栗子山芋，是截然不同的。人对童年时吃过的食物总是念念不忘，可能是因为加了记忆这种作料，任何简单的滋味回想起来都倍增香甜。

《云乡话食》的一大特点是够家常，邓云乡笔下的食物大多是极为普通的，从黄瓜韭菜到烤白薯牛肉包，无一不是随处可见的，连普普通通的大白菜在他笔下都是“寒门的恩物，山家的清供”。奇怪的是，虽然是些平常至极的东西，在他写来就格外好吃，比如说他笔下的烫面饺，我吃过之后觉得很一般，可是在他写来就是“一咬一口油”，分外香甜诱人。

据说真正的美食家是能够用最平凡的白菜豆腐做出最美味的菜，我觉得美食写家也是如此，他们要能够把最平凡的白菜豆腐写得最好吃。邓云乡无疑做到了这一点，比较起来，一些杂志报纸的美食专栏写手专门剑走偏锋，特意挑一些冷门的食物来写，仿佛所写的东西太大众，就不能证明他们的品位一样，这样的“美食写手”们真该去好好看看老前辈的书。

越来越喜欢看老人写的书了，有阅历，有底蕴，最重要的是有一种从容在里面，不会像年轻人那样为了博关注故作惊人之语，说到底，还是历练不够，名心太炽。书法中有种说法叫“人书俱老”，形容老了之后书法也达到炉火纯青的地步，实际上写文章也一样。难怪黄侃立誓“五十岁前不著书”，可惜他只活了四十九岁就去世了。

《云乡话食》最打动我的还是关于食物和时令的文章，如书中提到的立春之时“咬春”，盛夏时吃“冰盘”，秋风起时“持螯赏菊”，冬天时吃“菊花锅子”，都令我神往不已。老一辈的人似乎都讲究“不时不食”，像汪曾祺老爷子也是这样，他本身就善烹饪，做菜时也特别讲究时令，他说在桃花盛开的季节做蒌蒿薹子炒肉丝，此时配有河豚鱼更好，不消说，正是因为苏轼的那首诗：“竹外桃花三两枝，春江水暖鸭先知。满地蒌蒿芦芽短，正是河豚欲上时。”

邓汪二老各有烹饪秘诀，邓云乡的秘诀是“令有味者出之，令无味者入之”，汪曾祺的秘诀是“荤菜素油炒，素菜荤油炒”。令我捧腹的是，邓云乡老是在抱怨说做教授太穷，连螃蟹也不大吃得起了，要是他知道今天的物价，准会庆幸自己早生了数十年。

现如今，科技昌明农业发达，到菜市场随时都能够买到水灵灵的黄瓜、紫澄澄的茄子乃至于几乎任何一种食物。正月里的小黄瓜不可能赛黄金了，大冬天的也可以吃到冰淇淋，可是为什么，我在享受这些便利的同时，又隐隐觉得有那么一丝丝怅然若失呢？

图书在版编目（CIP）数据

你和那些好时光，总有一天会相遇 / 慕容素衣著 .—北京：
金城出版社，2014.10
ISBN 978-7-5155-1155-9

I. ①你… II. ①慕… III. ①随笔—作品集—中国—当代 IV. ① I267.1

中国版本图书馆 CIP 数据核字（2014）第 210581 号

你和那些好时光，总有一天会相遇

作　　者　慕容素衣
责任编辑　雷燕青
整体装帧　米屋工作室
开　　本　800 毫米 ×1230 毫米　1/32
印　　张　8.75
字　　数　228 千字
版　　次　2014 年 10 月第 1 版　2014 年 10 月第 1 次印刷
印　　刷　廊坊市兰新雅彩印有限公司
书　　号　ISBN 978-7-5155-1155-9
定　　价　32.80 元

出版发行　金城出版社 北京市朝阳区广泽路 2 号院东 14 号楼
　　　　　邮编 100102
发 行 部　（010）84254364
编 辑 部　（010）84250838
总 编 室　（010）64228516
网　　址　http://www.jccb.com.cn
电子邮箱　jinchengchuban@163.com
法律顾问　陈鹰律师事务所（010）64970501